글 —— 무라티텐

그림 —— 나루미나나미

냉정한 츠키시로는 나에게만 너무 귀여워

2

츠키시로 아오이

"스커트가 짧아서
좀 신경 쓰이는데……."

CONTENTS

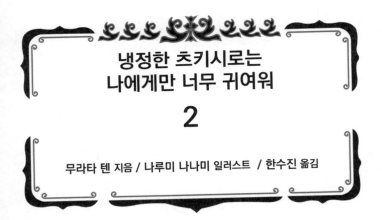

냉정한 츠키시로는
나에게만 너무 귀여워
2

무라타 텐 지음 / 나루미 나나미 일러스트 / 한수진 옮김

소미미디어

컬러, 본문 일러스트 | **나루미 나나미**

구라타 텐
림 나루미 나나미

냉정한 츠키시로는 나에게만 너무 귀여워 2

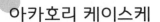

아카호리 케이스케

이상할 정도로 여자들에게 인기가 많은
같은 반 학생이자, 스쿠네의 친구.
유타 사쿠라를 좋아하지만
상대에게 가볍게 무시당하고 있다.

유타 사쿠라

겉보기에는 얌전하고 예의 바른 동급생.
그러나 의외로 배짱이 좋다.
평소에는 수수하고 눈에 안 띄는 타입이지만
알고 보면 미소녀이고, 실은 가슴도 크다.

스쿠네 유우

어떤 사건을 계기로
여성 불신에 빠진 고등학생.
츠키시로 아오이의 소꿉친구이지만, 초등학교
시절에 이사 가는 바람에 연락이 끊겼었다.

츠키시로 아오이

성적도 우수하고 용모도 수려한 같은 반 학생.
모델 활동을 하며 모두가 동경하지만,
본인은 누구에게나 공평하게
무관심한 태도를 보인다.

프롤로그

츠키시로 아오이를 처음 만났을 때의 상황은 너무 오래되어 기억나지 않는다.

같은 회사의 사택에 살면서 같은 해에 자식을 낳은 부모님들은 서로 이것저것 상담하는 사이가 되었고, 그 결과 자식들인 우리는 자연스럽게 자주 만나게 되었다.

남녀의 구별 따윈 없는 시절부터 같이 놀았다. 그리고 아오이와 나의 성격상 우리의 친구 관계는 기적적으로 초등학교 4학년 때까지 유지됐다.

사실 우리는 그렇게 엄청나게 친한 사이는 아니었다. 초등학교에 입학한 다음부터는 쭉 다른 반이었고, 각자 친하게 지내는 동성 친구도 있었다.

나와 아오이는 학교에서는 거의 마주칠 일도 없었지만, 심심한 휴일에는 내가 누군가와 놀고 싶으면 아오이를 불러내곤 했었다. 그 외에도 또 사택에서 개최되는 소규모 이벤트에 참가하거나, 가끔 우연히 동네에서 마주쳤을 때는 같이 놀기도 했었다. 굳이 애써서 같이 놀지는 않았다. 그때그때의 운에 맡기는 경향이 강했다.

그 시절에 학교에서는 스쿠네 유우와 츠키시로 아오이가 친하다는 사실을 아는 사람은 거의 없었을 거라고 생각한다.

일부러 숨긴 것은 아니었지만, 우리의 관계는 숨겨진 상태였다.

초등학교 4학년 때 우리 가족이 이사를 갔다. 단순히 이웃이라서 같이 노는 관계였던 나와 아오이는 이제는 이웃이 아니라서 같이 놀지 않게 되었다.

깔끔한 이별이었다.

그 후 몇 년의 공백기를 거쳐 다시 츠키시로 아오이와 만난 것은 고등학교에 입학하고 나서였다.

맨 처음 눈치챈 것은 입학식 때였다.

게시되어 있는 반 편성표를 보다가, 같은 반에 '츠키시로 아오이'란 이름의 여학생이 있다는 사실을 알아낸 것이다.

그 이름을 보자마자 내 가슴속에 따뜻한 그리움이 피어났다.

나는 초등학교 6학년 때 어떤 사건을 계기로 여성 불신 환자가 되어 남학교에서 중학생 시절을 보냈는데, 한순간 자신이 여성 불신 환자란 것도 잊어버리고 아오이의 모습을 찾으려고 했다.

그 후로 긴 세월이 지났는데도 그것조차 잊어버리고, 소심했던 아오이가 고등학교 입학이라는 이 새로운 환경 속에서 불안해하는 게 아닐까? 하고 어리석은 걱정까지 했었다.

입학식이 끝난 뒤 교실에서 간단한 자기소개를 하게 되었다. 그때 나는 고등학생이 된 아오이의 모습을 인식했다.

아오이는 무표정하게 자리에서 일어나더니 "츠키시로 아오이입니다"라고 짧게 말했다. 그 외에는 특별한 말도 없이 당당하게 자리에 앉았다.

그 모습은 권태로워 보였다. 이런 시시한 일에는 상관하고 싶지 않다. 마치 그렇게 말하는 듯한 태도였다. 그 모습을 본 나는 퍼뜩 다시 떠올렸다. 여성에 대한 나의 불신을.

내가 아는 츠키시로 아오이는 어느새 변해버린 것이다.

그 여자는 불안해하는 기색 따윈 하나도 없었다. 당당하게 가슴을 펴고 앉아 있었다.

자세히 보니 얼굴 생김새는 변하지 않았지만, 그 표정에서는 과거의 흔적은 전혀 발견할 수 없었다. 오죽하면 처음에는 못 알아봤을 정도이다.

그것은 내가 불편해하는 '여자'란 것을 꼭꼭 압축해서 구현한 듯한 존재였다.

교실에서의 학급 자율 시간도 끝나자 그날은 그대로 집에 가게 되었다.

나는 그날 이야기를 해보고 바로 친해진 아부카와, 야부사메와 열심히 대화를 나누면서 같이 교실에서 나왔다.

그 여자는 학교에 있는 게 별로 즐거워 보이지 않았는데도 한동안 교실에 남아 문고본을 읽고 있었다.

다음 날 아침에 신발장 앞에서 츠키시로 아오이와 우연히 만났다. 하필 눈이 마주치고 말았다.

그 여자는 이쪽을 보고 살짝 눈을 크게 뜨더니 조그맣게 뭐라고 중얼거렸다.

"유, 웅……."

일부러 그쪽을 보지 않고 지나쳐 갔는데, 그 후에 '그 이상한 주문은 뭐였을까?'란 생각을 조금 했다.

옛날에는 소심하고 내성적이었던 츠키시로 아오이는 이제는 누구나 무차별적으로 무뚝뚝하게 대하는 냉정한 여자로 변했다.

여성 불신 환자가 되어버린 나한테 그 모습은 그야말로 혐오의 대상이었다.

그 여자는 나른한 분위기를 자아내면서, 끈질기게 자신에게 말을 거는 남자의 얼굴은 거들떠보지도 않고 "저리 가"라는 말을 뱉었다.

교실에서 누가 실없는 농담을 해서 모두가 깔깔 웃을 때도 그 여자는 턱을 괸 채 지루하다는 듯이 가만히 있었다.

쉬는 시간에는 문고본을 손에 들고 자기만의 세계에 빠져들었다.

이따금 같은 반 학생이 말을 걸어도, 그 여자는 대화를 이어 나가려는 의지가 전혀 없었다. 보통은 두세 마디만 주고받다가 대화가 끝나버렸다.

잡지 모델로 활동하고 있다는 그 여자는 이미 어른들의 세계에서 일하고 있기에 같은 반 학생 따위는 무시하는 것처럼 보였다. 그렇게 태도가 안 좋은데도 외모가 너무 예뻐서 그런지, 또 덤으로 문무를 겸비한 능력자라서 그런지, 주변 사람들은 그것을 다 받아주고 있었다.

나는 과거의 나에게는 무척 소중한 인격체였던 츠키시로 아오이가 이제는 완전히 내가 싫어하는 '여자'로 변해버렸음을 알게 되었다.

그래서 그 여자는 나에게는 오히려 극심한 혐오의 대상이자 거북한 존재였다.

나는 변해버린 츠키시로 아오이에게는 말도 붙이려고 하지 않았다.

* *

식탁 앞에서 아오이는 바삭하게 구워진 식빵에 딸기잼을 쓱쓱 바르며 투덜거렸다.

"입학식 날에는 오랜만에 만났으니까……. 나는 너랑 이야기하고 싶었는데…… 너는 아는 척도 안 해주고 금방 친구를 사귀어서 같이 나가버렸잖아?"

"뭐? 그때 네가 책을 읽으면서 남아 있었던 게 설마 나를 기다렸던 거야?"

"응. 오랜만에 만났으니까 인사 정도는 하고 싶었어. ……그런데 왠지 말을 걸기가 어려워서."

"아―……."

"음, 그래서…… 다음 날 아침에 신발장 앞에서 마주쳤을 때 용기를 내어 말을 걸어보려고 했는데, 너는 이쪽을 보려고도 하지 않았어……."

"어? 그럼 그게 날 부르려고 했던 거라고?"

"응, 나도 모르게 옛날처럼 유우……라고 부르려 했는데, 이제는 그렇게 어린애처럼 부르면 이상한가 해서 망설이다가…… 그냥 스쿠네라고 부를까 고민하는 사이에 네가 혼자 잽싸게 교실로 가버렸어."

"그랬구나."

"아, 그리고 또, 또 말이지, 그 후에도 몇 번이나 말을 걸려고 했는데, 그때마다 너는 깜짝 놀란 얼굴로 도망을 가서……."

"그야 그때는 네가 나한테 말을 걸려고 하는 줄은 꿈에도 몰랐으니까……."

"난 계속 너랑 친해지고 싶었어……."

"어? 그럼 설마 아침에 네가 뜬금없이 안녕? 하고 인사했던 것도, 또 내가 교실 베란다에 있을 때 갑자기 네가 옆으로 다가온 것도, 그리고 내가 흘린 쓰레기를 굳이 주워서 나한테 주려고 뛰어온 것도, 다 그런 의도였던 거야?"

"그런 일이 너무 많아서 기억은 못 하는데, 몇 번이나 계속 말을 걸려고 했었어."

그 무렵에 나는 다시 만난 아오이를 전혀 믿을 수가 없었다. 그래서 아오이의 언동을 대부분 나쁜 쪽으로 해석해서 내 마음대로 '상대가 나를 싫어한다'라고 생각했었다.

"아, 그러고 보니…… 예전에 방과 후에 친구와 함께 복도에서 이야기하다가 집에 가려고 교실 앞을 지나쳤을 때, 언뜻 보니까 네가 내 자리에 앉아 있었거든. 그때도 설마 나를 기다리고 있었던 거야?"

그 말을 하고 나서 빵을 덥석 물었다. 우물우물 씹어 삼키고 우유도 마셨다.

그날 아오이는 책상에 엎드린 자세로 고개만 들어 창밖을 바라보고 있었다.

그래서 나는 미리 가방을 가지고 나오길 잘했다고 생각하면서 안도의 한숨을 쉬었다.

그런데 아오이가 대답이 없었다. 고개를 들어 그쪽을 봤더니, 아오이의 얼굴이 새빨개져 있었다.

"……그걸, 봤어?"

"응? 뭐야, 왜 그렇게…… 나한테 말을 걸려고 기다렸던 거 아냐?"

"아, 아냐……. 그건…… 설마 네가 보고 있을 줄은 몰라서…… 그건, 그냥……."

목소리가 점점 작아졌다.

"그냥, 뭔데……?"

"한번 앉아보고 싶어서……."

아오이가 사라질 듯이 작은 목소리로 말하더니, 식탁 위로 고개를 푹 숙였다.

"유우, 너무해……. 안 봐도 되는 장면만 착실하게 보다니……."

아오이는 원망하는 듯한 목소리로 그렇게 말했다. 그러다가 고개를 들어 우물우물 빵을 먹더니, 머그컵에 남아 있는 홍차를 단숨에 들이켜고 벌떡 일어났다. 실내용 반바지 밑으로 길게 뻗어 나온 다리가 눈부셔 보였다.

"나 준비하고 올게."

"뭐?"

"새해 첫 참배. 같이 갈 거잖아?"

"아, 응. 그래."

우호적이라고는 할 수 없는 방식으로 재회한 지 약 9개월이 지났다.

이야기도 제대로 못 했던 그 시절을 생각해보면 믿어지지 않을 정도이지만, 지금은 이렇게 우리 둘이서 자주 같이 식사도 하게 되었다.

나와 아오이는 서로 어색해하면서도 어찌어찌 친구 관계를 발전시켜 나갔다. 그리고 그 관계에 우리 둘이서 이름을 붙였다.

나와 츠키시로 아오이는 이제 '절친'이 되었다.

절친의 장

새해 첫 참배

새해 첫날 아침. 아오이와 함께 새해 첫 참배를 하러 갔다. 신사에 도착해보니 이미 사람들이 북적북적했다.

나와 아오이는 다운재킷과 코트를 입고 머플러를 두르고 있었다. 방한을 중시하는 평상복 스타일이었다. 그러나 이곳에는 화려한 외출복을 입은 사람들도 많아서 과연 새해구나 하는 느낌이 들었다.

"사람이 참 많네. 우리 자칫하면 헤어지는 거 아냐……?"

그러더니 아오이가 조심스러운 몸짓으로 나에게 손을 내밀었다.

하기야 이렇게 혼잡한 인파 속에서 상대를 놓쳤다가는 큰일 날 것 같았다. 그래서 순순히 그 손을 잡았다.

둘이 나란히 참배를 하고 나서 운세 제비를 뽑았다.

나는 말길(末吉)이었고 아오이는 대길(大吉)이었다. 서로 제비를 보여주면서 "이름이 스쿠네(末久根)라서 말길이 나왔나 봐" 하고 실없는 이야기를 했는데, 그때 등 뒤에서 익숙한 목소리가 우리를 불러 그쪽을 돌아봤다.

"어? 뭐야. 스쿠네랑 츠키시로잖아. 드디어 사귀기 시작한 거야?"

"응? 아~ 아카호리, 너였냐. 보다시피 우리는 예나 지금이나 안 사귀고 있어."

"그렇게 둘이서 손을 잡고 '보다시피'라고 해도 말이지…….."

아카호리의 지적에 나는 반사적으로 손을 떼려고 흔들었는데, 아오이가 고집스럽게 내 손을 붙잡은 채 놔주지 않았다. 결국 우리가 잡은 손을 자랑스럽게 보여주는 꼴이 되었다.

"이, 이건, 인파에 휩쓸려 혹시나 헤어지게 될까 봐 그런 거야. 일종의 안전벨트 같은 건데…… 맞지?"

아오이에게 동의를 구해봤지만, 상대가 아카호리라서 그런지 아오이는 대화에 끼려고 하지도 않고 인파를 멍하니 바라보고 있었다. 흥미와 관심이 너무 적었다.

"스쿠네, 너는…… 나와 있었어도 헤어지지 않으려고 손을 잡을 거냐?"

"하하. 그건 사양할게. 그런 짓을 하느니 차라리 너하고는 도쿄랑 오사카만큼 멀리멀리 헤어지는 것을 선택할 거야………… 아, 아니. 지금은 그런 상황이 아니거든?!"

아오이는 툭하면 홀연히 어딘가로 사라져버리니까, 같은 친구여도 아카호리와 똑같이 취급할 수는 없었다.

아카호리는 여전히 의심하는 것처럼 눈을 가늘게 뜨고

있었다. 그러나 나는 무시하고 다른 화제로 넘어갔다.

"아카호리는 누구랑 만나기로 약속한 거야?"

"아니, 난 이제 아르바이트하러 갈 거야. 그런데 좀 일찍 나와서 가볍게 새해 첫 참배나 해볼까 하고 들렀는데…… 앗, 망했다. 지각하겠어. 나 간다, 안녕——."

아카호리는 스마트폰으로 시간을 보더니 허둥지둥 떠나 갔다.

감주*를 사려고 이동했는데, 도중에 또 누군가가 우리를 불러 세웠다.

"새해 복 많이 받으세요!"

온화한 목소리를 듣고 돌아봤더니 유타가 웃는 얼굴로 서 있었다. 외출복을 차려입고 있었다.

좀 전까지는 새침한 미녀 석상 같았던 아오이의 표정이 확 달라졌다.

"사쿠라, 새해 복 많이 받아. 기모노가 참 잘 어울리네."

"에헤헤. 고마워요."

"혹시 누구랑 같이 온 거야?"

"어휴, 저는…… 보다시피 이런 상태예요."

유타가 슬그머니 손가락으로 가리키는 곳을 봤더니, 한 쌍의 부부가 웃는 얼굴로 이쪽을 보고 있었다.

부모님과 같이 왔나 보다. 굉장히 아담한 어머니와 곰처럼 거대한 아버지였다. 유타는 체형은 어머니를 닮았지만,

---

*쌀과 누룩으로 빚은 음료.

얼굴은 아버지와 무척 비슷했다.

"그러고 보니 아까 아카호리가 이 근처에 있었는데."

"헉, 고마워요. 조심할게요!"

아니, 그런 뜻이 아니라…… 걔를 만나면 새해 인사라도 좀 하라고……. 하지만 그 말을 입 밖에 내지는 않았다.

유타와 헤어진 직후, 이번에는 저쪽의 먼 곳에 우리 반 친구가 있는 것을 발견했다.

이 동네에서 가장 큰 신사라서 그런가. 예상보다도 더 활발하게 아는 사람들이 출현하고 있었다.

다행히 그 친구는 아직 우리를 발견하지 못한 것 같았지만, 더 이상 누군가에게 목격당하면 나중에 일이 귀찮아질 것 같았다. 빨리 여기서 철수하고 싶었다.

종이컵에 든 감주를 홀짝거리고 있는 아오이에게 말을 걸었다.

"슬슬 돌아가자."

"……응, 그래."

돌아갈 때는 또다시 당연하다는 듯이 손을 잡았다.

신사에서 나왔을 때 갑자기 마음이 바뀐 것처럼 아오이의 손이 꼬물거리더니, 이번에는 손가락끼리 단단히 얽으면서 내 손을 다시 잡았다. 보통 커플끼리 손을 잡는 방식이었다.

"좋아……."

천연덕스럽게 손잡는 방식을 변경한 아오이는 왠지 납득한 듯한 소리를 내면서 살짝 고개를 끄덕였다.

"좋다니, 뭐가?"

"이렇게 잡는 게 더 따뜻한 것 같아서."

"이거나 저거나 비슷하지 않아?"

"이게 좀 더 손가락이 덜 시린 것 같아."

"그, 그런가?"

"그리고 좀 더 딱 맞는 느낌도 들어."

"아, 네……."

딱 맞는 느낌이라니, 그게 뭔데…….

"옛날에 우리 가족과 너희 가족이 다 함께 새해 첫 참배를 하러 간 적이 딱 한 번 있었잖아?"

"그랬나?"

"그때 내가 뽑았던 운세 제비가 흉(凶)이라서……."

"아, 생각났다. 네가 신사에서 실종됐던 사건이지?"

초등학교 2학년 때였을까. 두 가족이 다 함께 갔었던 것은 그때밖에 없었다.

아오이는 자신이 뽑은 운세 제비의 결과에 충격을 받아 슬그머니 어딘가로 가 버렸다. 그래서 모두가 아오이를 찾아다녔었다.

커다란 나무 그늘에서 울고 있는 아오이를 발견한 사람은 나였다. 나는 옛날부터 아오이를 찾아내는 것이 특기였

다. 아오이는 울면서 운세 제비를 신사에 묶어놓고 집에
갔다.

천천히 이야기를 하면서 귀로에 올랐다. 익숙한 우리 집
앞까지 돌아왔다.

우편함을 열어보니 연하장 한 뭉텅이가 들어 있었다. 나
는 한 장도 쓰지 않았지만, 부모님은 직업상 신경 써야 하
는 상대나 좀 더 윗세대인 분들과도 관계를 맺고 있었다.
그래서인지 연하장 뭉텅이는 꽤 부피가 컸다. 그것을 가지
고 집 안으로 들어갔다.

배가 고파져서 찬장을 뒤져보니 컵라면이 있었다. 옷을
갈아입고 온 아오이에게 나는 말을 걸었다.

"아오이, 물 끓일 건데. 어느 거 먹을래?"

두 종류의 컵라면을 늘어놓고 물어봤다. 아오이는 컵라
면 앞까지 오더니 눈을 가늘게 뜨고 날카롭게 노려보듯이
심사숙고한 끝에 대답했다.

"해물."

"알았어."

컵라면으로 좀 늦은 점심식사를 했다.

먼저 식사를 마친 나는 심심해서 연하장들을 트럼프처
럼 분류하기 시작했다. 그러다가 나한테 온 연하장도 몇
개 발견했다.

하나는 초등학교 6학년 때 담임선생님. 성실한 분이었다.

그다음, 이 동글동글한 글씨는 같은 반 친구인 아부카와. 이 녀석은 일단 생각난 사람들 모두한테 편지를 쓸 것 같은 타입이었다. 또 별로 잘 쓰지는 않았는데 이상하리만치 힘이 넘치는 이 붓글씨의 주인공, 마찬가지로 같은 반 친구인 오이카와였다.

그리고 또 하나. 미끈하고 아름다운 글씨가 눈에 들어왔다.

『새해 복 많이 받아. 올해도 잘 부탁해.』

그 짧은 문장의 옆에는 아무리 봐도 고양이 같은 호랑이 그림이 그려져 있었다. 뒤집어보니 보내는 사람의 위치에 '츠키시로 아오이'라고 적혀 있었다.

나도 모르게 눈앞에서 보리차를 마시고 있는 아오이를 쳐다봤다.

내 시선을 눈치챈 아오이는 어리둥절한 표정으로 내 손 근처를 바라봤다. 이어서 서서히 그 얼굴이 붉어졌다.

"아, 그거? 그냥 한번, 써봤어……."

"……어, 저기. 고마워."

"아, 아냐, 별것도 아닌데 뭐……."

"연하장 같은 것을 쓰는구나……. 나는 한 장도 안 썼는데."

"나도…… 너한테만 써 보낸 거야……."

"그럼 답장을 써줄게."

"어? 지금?"

"응. 잊어버리기 전에 써야지."

아마도 부모님이 쓰고 남은 엽서를 수납장에 넣어두셨을 거다.

나는 그것을 찾아내서 앞면에는 받는 사람을 적고, 뒷면에는 아오이와 같은 메시지를 적었다.

아오이는 그런 내 손의 움직임을 가만히 바라보고 있었다.

"자, 다 됐어. 받아."

굳이 우편함에 넣는 것도 웃기니까 그냥 손으로 직접 전해줬다.

"고, 고마워……!"

아오이는 그 편지를 받고 뚫어지게 들여다보더니, 이윽고 자기 방에 들어갔다가 다시 돌아왔다.

"어디 넣어두고 온 거야?"

"아니. 전시해놨어!"

"뭐야, 그걸 왜 전시해……? 하지 마."

그걸 전시해놓을 줄 알았으면 좀 더 예쁘게 글씨를 썼을 텐데……. 아, 잠깐만. 그게 문제가 아니잖아.

"아니, 그게 말이지. 왠지 기뻐서."

그러더니 아오이가 즐겁게 웃었다.

"올해도 잘 부탁해."

"응. 올해도 잘 부탁해."

나와 아오이는 그렇게 새해 인사를 하고, 그대로 거실에서 어제 하던 게임을 계속했다.

겨울방학의 수족관

그해 겨울방학은 신기한 느낌이었다.

절친이 된 츠키시로 아오이가 옆에 딱 붙어 있는 생활이었다.

아오이는 내가 거북해하는 이성이자, 소꿉친구이자, 이제는 절친이 된 여자였다. 가까이 있으면 왠지 모르게 마음이 조마조마해지는 경향도 있지만, 그래도 즐겁고 또 묘하게 안심이 되는 상대이기도 했다.

친해진 다음부터는 우리 둘 다 자기 방에는 더 이상 틀어박히지 않고, 거실이나 식당에서 각자 좋아하는 일을 하면서 시간을 보내는 일이 잦아졌다.

우리 집 부엌에는 식당이 있고, 그 식당이 거실과 완전히 연결된 구조였다. 1층의 대부분을 차지하고 있는 그 공간은 상당히 넓어서 두 사람이 같이 생활하기도 편했다.

아오이는 평소처럼 목둘레가 시원하게 파인 옷과 짧은 반바지라는 편안한 실내복 차림으로 식탁 의자에 앉아 있었다. 그리고 나는 거실의 러그 위에 드러누워 따뜻한 난

방기 바람을 쐬면서 뒹굴뒹굴하고 있었다.

　그때 근처에 놔둔 내 스마트폰이 착신을 알렸다. 보니까 아카호리의 전화였다.

　아오이가 숙제를 하고 있었으므로, 나는 무심코 방해하지 않으려고 복도에 나가 전화를 받았다.

　"여보세요……. 왜?"

　"좀 부탁하고 싶은 것이 있어."

　"어차피 유타 때문이지? 무슨 일 있어?"

　"그래, 그거야. 유타가 보고 싶어! 용케 알았네. 어떻게 알았어?"

　그동안 네가 나한테 전화를 걸었던 이유가 거의 100% 그것밖에 없었으니까.

　"……유타와 만나고 싶으면, 이제는 그냥 둘이서 만나면 되잖아? 너 분명히 크리스마스에 둘이서 데이트하러 가지 않았어?"

　내가 그렇게 말하자, 스마트폰 너머의 아카호리가 입을 다물었다. 그 후 그답지 않게 착 가라앉은 목소리로 말했다.

　"응, 바로 그게 문제야……."

　"뭐……?"

　"아―, 실은 말이지……."

　아카호리와 통화를 마치고 나는 식당에 있는 아오이에

게 다가갔다.

"있잖아, 아카호리가…… 다시 한번 넷이서 놀러 가고 싶다고 하는데……."

"뭐? 싫어."

한순간 노트에서 고개를 든 아오이가 즉시 그렇게 대답했다. 그리고 또다시 노트로 시선을 돌리고 샤프를 움직이면서 말했다.

"걔네 둘이서 놀면 되잖아? 나도 사쿠라하고는 개별적으로 만나고 있고…… 유우하고도…… 두, 둘이서, 잘 놀고 있으니까……."

후반의 대사는 조그맣게 웅얼거리는 소리였다. 아무튼 아오이로서는 더 이상 아카호리가 끼어드는 것에 대해 전혀 이점을 느끼지 못한다는 사실은 대충 알 것 같았다.

"저기, 그게 말이지……. 아카호리가 크리스마스 데이트를 하러 갔다가, 유타한테 차인 것 같아."

"뭐……?"

아오이가 고개를 들고 샤프를 내려놨다.

"그래도 포기는 못 하겠고, 유타와 어색한 사이가 되긴 싫으니까. 방학 때 만나고 싶은가 봐……."

"……아——— 하지만 그런 상황이면, 당연히 사쿠라가 거절을 하지 않을까?"

"뭐, 그럴 가능성도 있지만…… 일단 부탁은 해보면 안 될까?"

"네가 그렇게까지 말한다면……. 어휴— 아카호리. 진짜 뭐야……."

투덜투덜 불평하면서도 이번에는 아오이가 복도로 나가서 유타에게 전화를 걸어줬다.

그리고 몇 분 후 돌아왔다. 작게 한숨을 쉬더니 내 얼굴을 보면서 말했다.

"사쿠라가 오겠다고 했어."

"고마워. 유타가 승낙해주다니, 신기하네."

"그야 뭐, 사쿠라도 어색한 사이가 되고 싶지 않은 것은 마찬가지였나 봐."

"그렇구나……. 유타는 참 의리가 있네."

그리하여 결국 겨울방학 마지막 날에 넷이서 함께 수족관에 놀러 가기로 했다.

아오이와 같이 역 앞의 약속 장소로 갔다. 그곳에는 아카호리가 먼저 와서 로댕의 '생각하는 사람' 같은 포즈로 우울하게 앉아 있었다.

마치 몸에서 어두운 오라가 흘러나오는 것처럼 우울해 보였다.

"저, 저기, 너 괜찮아……?"

"응? 아, 스쿠네냐. 나, 나는 괜찮아, 진짜로……. 난 멋진 남자이니까⋯⋯."

상당히 안 괜찮아 보이는 대답이었다. 목소리도 가늘고
기운이 없었다.

새해 첫 참배를 갔다가 만났을 때는 이미 차인 후였는데
도 멀쩡했었다. 그러니까 일상생활에 지장이 있을 정도로
우울증에 빠진 것은 아닐 테지만, 지금은 차인 후 처음으
로 유타를 만나게 되어 긴장한 것 같았다. 안색도 좋지 않
았다. 이쯤 되니 좀 불쌍하기는 했다.

"어—, 그래. 괜찮을 거야⋯⋯."

"그렇게 생각해?"

"응, 넌 원래 인기 있잖아. 유타가 너를 쓰레기처럼 미워
하더라도, 여자는 그 외에도 많이 있으니까⋯⋯."

"그런 쪽의 위로는 필요 없어! 그리고 유타가 그 정도로
나를 미워하는 것은 아니야⋯⋯ 아닐 거야!"

"위로의 방향성까지 내가 신경을 써야 해?!"

"늦어서 미안해요."

전혀 위로를 못 해준 상황에서 갑자기 조용한 목소리가
들려왔다. 정확히 시간 맞춰 유타 사쿠라가 도착한 것이
었다.

유타는 평소에도 차분한 사람이었다. 그래서 분위기만
보면 여느 때와 거의 다르지 않았다.

새해 첫 참배 도중에 만났을 때도, 나중에 아카호리한테

서 그 이야기를 듣지 않았더라면 그런 일이 있었다는 것은 상상도 못 할 정도로 평소와 다름없는 느낌이었다.

언제나 유타가 있으면 까불까불 시끄럽게 구는 아카호리가 지금은 절묘하게 착 가라앉은 표정으로 한 번 입을 열더니, 그저 입술만 달싹거리다가 입을 꾹 다물었다.

유타는 몇 초 동안 무표정하게 있었다. 그러나 곧 한숨을 쉬더니 "오랜만이네요…… 아카호리"라고 말했다. 아카호리는 로봇처럼 자리에서 일어났다.

"으, 응, 오호랜만이넵—?"

괜히 밝은 목소리를 내려다가 실패했는지, 이상하게 튄 소리를 내고 말았다. 그 모습을 지켜보던 아오이가 돌연 내 등에 얼굴을 묻으면서 픞! 하는 소리를 내더니 바들바들 떨기 시작했다.

"앗, 츠키시로, 그렇게 웃는 건 너무하잖아?!"

"아니, 아카호리, 네 목소리가…… 크, 크큭."

그게 아오이의 개그 취향을 저격했나 보다. 아오이의 웃음이 좀처럼 가라앉지 않자, 이윽고 유타도 후훗 하고 웃으면서 말했다.

"자, 그럼 갈까요."

멀리서 전철을 타고 찾아온 겨울 수족관은 다행히 손님이 그렇게 많지는 않았다. 모두가 하얀 입김을 뿜으면서 춥다, 추워 하고 말하며 수족관으로 들어갔다.

지금은 아카호리가 제 컨디션이 아니므로, 그렇게까지 적극적으로 수족관 구경에 임하는 사람은 없었다. 그래서 우리는 특별히 뭘 보자는 이야기도 하지 않고 그냥 정해진 길을 따라 조용히 나아갔다.

아오이는 해파리를 좋아하는 것 같았다. 새로 생긴 커다란 해파리 수조에서 조명 빛을 받아 투명하게 빛나는 해파리를 열심히 구경하고 있었다.

나는 엄청나게 수족관에 오고 싶었던 것은 아니지만, 안내판의 이름과 물고기를 서로 비교하면서 돌아다니다 보니 점점 즐거워졌다. 수족관. 나쁘지 않네.

우리 집에는 물고기는 없기 때문에 평소에는 식탁에 올라오는 형태로밖에 본 적이 없었다. 물고기가 유유히 헤엄치는 모습이 신선했다. 또 바다의 종류도 다양했다. 태평양, 인도양, 북극해. 마트에서는 찾아볼 수 없는 특이한 물고기들이 잔뜩 있었다.

"아하하. 아카호리, 물고기 얼굴은 정면에서 보니까 웃긴데?"

"스쿠네…… 넌 아주 천하태평이구나……."

아카호리가 한숨 섞인 말투로 그런 말을 했다. 하지만 평화로운 수족관에서 쓸데없는 긴박감을 자아내고 있는 아카호리가 오히려 훨씬 더 이상했다.

순서대로 돌아다니다가 고래상어 수조 앞에서 아카호리와 함께 "크다— 커—!"란 말을 주고받았다. 그리고 슬슬 점심 먹을 때가 됐다는 이야기를 하다가 문득 깨달았다.

"앗! 아오이가 또 사라졌어!"

"아오이는 아까 해파리를 한 번만 더 보고 싶다고 했는데……."

"미안. 내가 가서 데려올게. 금방 돌아올 테니까 너희 둘은 여기 있어."

아오이는 유타가 말했던 대로 해파리 수조 앞에 있었다. 내 모습을 발견하자 양심에 찔리는 듯한 표정을 지었다.

"미안해. 나도 금방 돌아가려고 했는데. 아까 사진 찍는 것을 깜빡해서, 찍고 싶었거든. 저기, 이거 봐. 굉장히 잘 찍었지? 기적적일 정도로 수조를 찍은 티가 안 나지 않아?"

"어, 진짜네. 예쁘다."

아오이가 해파리 수조를 찍은 사진은 퍽 아름다웠다.

"해파리가 그렇게 좋으면, 해파리랑 같이 사진 찍어볼래? 내가 찍어줄게."

"뭐? 그럼 유우도 같이 찍자."

"아니, 난 해파리는 별로……."

아오이가 재빨리 가까이 있는 사람에게 부탁했다. 그리하여 어느새 아오이와 해파리와 나의 기념 촬영이 이루어지게 되었다.

"사진 보내줄게."

"……고마워."

즉시 해파리와 미소녀, 그리고 그 옆을 지나가는 통행인 같은 사람이 한꺼번에 찍힌 사진이 나에게 날아왔다.

큼직한 단추가 달린 따뜻한 코트를 걸치고, 긴 치마를 입고, 복슬복슬한 털 부츠를 신고 있는 미소녀가 해파리 수조를 배경 삼아 웃으면서 서 있는 모습. 마치 광고 같았다.

그런데 그 미소녀가 통행인의 다운재킷 소매를 살짝 붙잡고 있는 것이 어마어마한 위화감을 주고 있어서 좀 웃겼다. 완전히 NG 컷이었다.

"어? 그런데 유우, 그 두 사람은 내버려 두고 온 거야?"

"…………큰일 났다."

그 말을 듣고 나서야 깨달았다. 상대를 차버린 여자와, 차인 남자. 그 두 사람을 같은 수조 앞에 놔두고 와버린 것이다.

서둘러 돌아갔더니 두 사람은 여전히 고래상어가 있는 수조 앞에서 우두커니 서 있었다.

그들 사이의 거리는 1m는 족히 되어 보였다. 별로 즐거워 보이진 않았다.

유타는 본디 몸집이 작은데, 키가 큰 아카호리도 몸을 수그리고 있어서 작고 볼품없어 보였다.

서로 차고 차여버린 여자와 남자라니, 대체 얼마나 어색

한 관계일까…….

슬그머니 다가갔다. 그러자 유타의 작은 목소리가 들려왔다.

"아카호리…… 의외로 많이 우울해하는 것 같네요."

"너무해……. 그야 엄청나게 우울해하는 게 당연하잖아."

"아니…… 아카호리의 성격상 이미 훌훌 털어버렸을지도 모른다고 생각했으니까……. 그래서 좀, 의외예요."

후후 하고 웃으면서 말하는 유타의 표정은 예상외로 부드러워 보였다. 희한한 데서 아카호리를 재평가하게 된 것 같기도 했다. 그동안 아카호리란 남자의 신용도가 얼마나 바닥이었는지 알 만했다.

아오이가 조그맣게 나에게 물어봤다.

"왠지 생각보다 어색한 분위기는 아닌 것 같은데, 좀 더 이대로 내버려 둘까?"

"으음—, 하지만 배가 고픈데……."

속닥속닥 이야기하다가 유타에게 들켰다.

"어? 아오이, 스쿠네! 자, 우리 점심 먹으러 가요."

몸을 수그리고 있던 아카호리도 우리가 온 것을 눈치챘다. 그리고 한심한 얼굴로 그동안 꾹 참았던 숨을 토해냈다.

그 후 수족관 안에 있는 레스토랑에서 점심을 먹고, 바다사자 쇼를 구경하기도 했다. 또 유타가 기념품 가게에서 작은 돌고래 인형과 바다사자 편지지 세트를 사기도 했다.

아침에는 일이 어떻게 될까 하고 걱정했는데, 돌아갈 무렵에는 아카호리와 유타는 둘 다 어찌어찌 어색한 관계에서 탈출했는지 평소처럼 이야기하고 있었다.

아니, 실은 아카호리가 예전만큼 적극적으로 가볍게 들이대지 않아서 그런지, 아니면 유타가 적당히 배려해주고 있기 때문인지, 오히려 전보다 더 평범한 친구같이 잘 지내는 것처럼 보이기도 했다. 이 두 사람은 예전에는 아카호리가 툭하면 경박한 짓을 하는 바람에 서로 정상적인 대화가 안 되는 편이었다.

그런데 두 사람의 이런 모습을 보니까, 친구로 시작해서 관계를 진전시켜 나간다는 것은 의외로 어려운 일일지도 모르겠다는 생각이 들었다.

전에 아오이와 급격히 사이가 가까워졌을 때는 '저절로 그렇게 되어버리면 어쩌지?' 하고 지레 겁먹었는데, 그게 그렇게 쉬운 일이 아니었구나 하는 생각이 들었다. 그곳에는 높은 벽이 존재하는 것이다.

그 점을 인식하자 조금 안심이 되기도 했고, 또 왠지 모르게 좀 아쉽기도 했다.

돌아가는 전차 안에서 유타와 아카호리가 먼저 내렸다. 그러자 내내 창밖을 바라보던 아오이가 혼잣말하듯이 중얼거렸다.

"아카호리는 어째서 고백을 했을까."

"응?"

"애인이 되려고 하지 않으면, 친구로서 쭉 사이좋게 지낼 수 있는데……."

아오이가 의아해하는 얼굴로 말했다. 나도 생각을 해봤는데, 아마 애인이 되어서 야한 짓을 하고 싶었던 게 아닐까……? 그런 생각밖에 안 떠올랐다.

3학기

"유우, 일어나."

내 앞머리를 부드럽게 어루만지는 감촉, 귓가를 간질이는 달콤한 목소리. 그런 것들이 내 수면을 방해했다.

눈을 뜨자 아오이의 얼굴이 눈앞에 있었다.

크고 시원스러운 눈동자, 반짝거리는 입술은 완만한 곡선을 그리고 있었다.

순간적으로 여기가 어디지? 하고 혼란에 빠졌다.

"어, 저기, 여긴 어디야?"

"지구, 일본, 유우의 방."

나는 벌떡 일어나 주위를 둘러봤다. 분명히 어젯밤에 잠들었을 때와 똑같은 내 방이었다.

눈을 비벼봤다. 그러나 눈앞에 있는 교복 차림의 미소녀는 사라지지 않았다. 변함없이 침대 옆에 쪼그려 앉아 물끄러미 나를 쳐다보고 있었다.

"어, 지금이 언제야?"

"아침인데. 잘 잤어?"

"아니, 네가 왜 여기 있어?"

"그, 그건…… 오늘부터 학교에 가야 하니까…… 사토코 아주머니가 나한테 부탁하셔서, 너를 깨우러 왔는데……. 내 마음대로 들어와서 미안해."

"………………아, 아냐, 됐어. 고마워."

깜짝 놀라고 혼란스러워서 두뇌가 고장 났다……. 나는 얼굴을 거칠게 문지르면서 어떻게든 내 두뇌를 각성시키려고 했다.

"……그렇게 심하게 놀랄 줄은 몰랐어. 그럼 난 밑에 내려가서 기다릴게."

아오이가 방에서 나갔다.

아오이가 사라지자, 방금 그것이 마치 환각이었나 싶을 정도로 방 안은 밝고 고요했다.

왠지 아직도 방학 중인 것 같았다.

지금까지 내가 늦잠을 잘 때는, 귀찮기 짝이 없는 우리 어머니가 난폭하게 방문을 열고 우렁차게 "아침이야, 아침!" 하고 날카롭게 노래하듯이 소리 지르면서 내 이불을 벗겨냈다. 또 심한 날은 나를 뻥 차서 침대 밑으로 떨어뜨려 억지로 깨우기도 했다. 그래서 이렇게 평화적인 방식으로 눈을 뜨는 것은 내 심장에는 큰 부담을 주는 것이었다.

그러고 보니 아오이가 우리 집에 온 직후에는 쭉 내 방이 마치 안전지대처럼 여겨졌었다.

요즘 들어서는 그런 감각은 사라졌다. 그동안 아오이가 내 방에 들어온 적도 없었으니까 오늘 아침에는 좀 놀랐지만, 실제로 전혀 불쾌하지는 않았다.

"유우, 움직이지 마."

긴 방학이 끝나자 마치 월요병 환자처럼 기운이 없었지만, 어쨌든 나는 일어나서 지금은 현관 앞에 서 있었다. 아오이가 내 교복 넥타이를 고쳐 매주는 중이었다. 아, 이제 학교에 가는구나~ 하는 생각이 들었다.

"이거 왠지 어려운데……. 유우, 키 컸어?"

"조금 컸나? 하지만 별 차이 없을 것 같은데."

"아냐, 나는 차이를 알 수 있어."

"기억력이 대단하네……."

방학이 끝난 후의 교실도 평소와 다름없이 시끌시끌했다.

아오이와 함께 교실 문을 열고 안으로 들어갔더니 여자한 명이 소리를 질렀다.

"앗, 스쿠네, 츠키시로! 너희들 새해 첫 참배를 하러 갔었지? 그때는 손을 잡고 있어서 말을 걸지 못했는데—!"

"헉, 진짜?!"

주변 사람들이 술렁거렸다. 다른 학생도 소리를 냈다.

"나도 여자 친구랑 같이 있어서 말은 못 걸었어도, 보긴 봤어."

"아, 역시 그랬구나?"

"츠…… 츠키시로, 난 너를…… 좋아했는데…… 이젠 끝이야……. 여기서 뛰어내릴래."

"야가미! 정신 차려! 누가 좀 말려봐—!"

동네에 있는 신사로 새해 첫 참배를 하러 갔던 나와 아오이의 모습은 생각보다 훨씬 더 많은 사람에게 목격당했었나 보다.

누가 올 때마다 '우리 두 사람이 새해 첫 참배를 하러 갔을 때 손을 잡고 있었다'라는 소문이 반복하여 우렁찬 목소리로 다시 재생되면서 교실 전체에 퍼져갔다.

"……왜 저렇게 야단법석인 걸까. 어이가 없네."

아오이는 냉정하게 낮은 음성으로 한마디 툭 내뱉더니 자리에 앉았다.

나도 자리에 앉았는데, 앞자리에 있는 아카호리가 소리 죽여 물어봤다.

"다들 완전히 오해하고 있는 것 같은데…… 괜찮아?"

"……응, 뭐, 괜찮아."

전에는 이럴 때마다 꼬박꼬박 "우리는 친구야!"라고 강하게 부정하면서 돌아다녔는데, 이제는 그것도 피곤했다.

우리의 관계는 우리가 정하는 것이다. 주변 사람들과는 상관없다. 주변 사람들이 아무리 오해해봤자 실제로 그렇게 우리가 연인이 될 리도 없다.

나와 아오이의 관계는 예전에는 강한 의혹의 수준에 머물렀지만, 이때부터는 완전히 사귀는 사이처럼 취급당하게 되었다.

밸런타인데이

2월이 되었다. 밸런타인데이를 코앞에 둔 내 주변의 인기 없는 남자들은 일제히 염세적인 분위기를 풍기기 시작했다.

하지만 그 이벤트를 단 한마디 말로도 직접 언급하는 사람은 없었다.

평소처럼 지내고 있지만, 이따금 아련한 눈빛으로 창밖을 보는 사람도 있고, 달콤한 디저트 이야기가 귀에 들려오면 씁쓸한 표정을 짓는 사람도 있고, 살이 빠지고 컨디션이 나빠진 사람도 있었다. 증상은 다양한데 대체로 별로 즐겁진 않은 것 같았다.

어차피 나하고는 상관없는 지긋지긋한 이벤트니까 빨리 끝나버려라! 하는 그들의 생각이 피부로 느껴졌다.

그 심정은 이해한다. 저쪽 사람들한테는 그럴 의도가 없을지도 모르지만, 이쪽 사람들은 선별을 당하는 듯한 기분이 드는 사악하고 차별적인 이벤트였다.

초콜릿이 먹고 싶으면 편의점에서 사면 된다. 개중에는 '어때, 초콜릿 받으면 당연히 기쁘지?'란 표정으로 남은 초콜릿을 적당히 주변 사람한테 적선하듯이 주는 여자도 있었다. 그러한 생각 자체가 이미 고압적이다. 그런 이벤트는 나도 예전부터 쭉 사라지면 좋겠다고 생각했었다. 파멸해야 한다.

그러나 학교 여자 대부분과 인기 있는 일부 남자들의 분위기는 대조적일 정도로 들떠 있었다.

그들은 모두 다 명랑했다. 반짝반짝 빛나고 있었다. 여자들은 속닥속닥 사랑 이야기를 하기 시작하면서 은근슬쩍 주변에 대한 탐색전을 실시한다. 설령 초콜릿을 주고 싶은 이성이 없어도, 그것을 구실 삼아 초콜릿을 사거나 만들어서 서로 나눠줄 것이다. 그날을 앞두고 기운이 넘치는 것이다. 내 주변 사람들과는 천지 차이였다.

단, 인기 없는 남자 중에서도 긍정적인 변태에 가까운 아부카와는 예외였다. 그는 기운차게 아무런 망설임도 없이 밸런타인데이에 관해 이야기했다.

"만약에 츠키시로가 초콜릿을 준다면, 그냥 주머니 속에서 싸구려 초콜릿 껍데기를 꺼내서 무성의하게 툭 던지듯이 줬으면 좋겠어! 후시미가 초콜릿을 준다면, 방과 후 나를 비싼 가게로 끌고 가서 이리저리 돌아다니다가 결국 나한테 초콜릿을 사게 했으면 좋겠어! 마츠모토 선생님이 초콜릿을 주신다면, 시험 성적이 나쁘다고 엄청나게 혼내면서 완전히 재기 불능 수준으로 나의 존재를 부정하고 매도한 다음에 '뭐, 그래도 열심히 해봐'라고 하면서 책상 서랍 속에서 꺼낸 아몬드 초콜릿을 딱 한 알만 주셨으면 좋겠어!"

"도대체 그 시뮬레이션은 뭔데……? 네가 마조히스트라는 것밖에 모르겠어……."

"에이, 원래 이런 것은 상상할 때가 즐거운 거야. 실제로는 아무도 나한테 선물을 주지 않을 테니까……. 올해 나는 공격적으로 행동해서, 우리 반 학생들 모두에게 우정 초콜릿을 만들어줄까 생각 중이야."

"뭐? 아니, 왜 또 그런 짓을……."

"이것은 나의 작전인데…… 전원에게 평등하게 선물을 주면, 의심하지 않고 순순히 받아주는 여자들이 많지 않을까? 하고 생각하거든……."

"……아, 그래. 그럼 적어도 직접 만들지는 마. 절대로."

"그러면 그 속에 아무것도 집어넣을 수가 없잖아?!"

"소름 끼치는 대답은 집어치워! 그 속에 아무것도 집어넣지 않았다는 것을 증명하기 위해 시판 초콜릿을 사주라는 거야! 내가 장담할 수 있는데, 네가 직접 만든 초콜릿은 아무도 안 받아줄걸?!"

내가 몇 분 동안이나 설득하자 아부카와는 간신히 그 변태적인 야망을 포기했다. 이 녀석은 평소에는 늘 온화한 인간인데도 가끔 너무 태연하게 범죄에 발을 들일락 말락 해서 조마조마하단 말이지.

이런 상황에서도 언제나 냉정한 츠키시로 아오이의 태도는 거의 변하지 않았다.

점심때 도시락을 들고 내 자리로 온 아오이는 차가운 눈빛으로 주위를 둘러보더니 한마디 했다.

"밸런타인데이 직전의 분위기는 왠지 좀 짜증 나지 않아……?"

머리카락을 쓸어 올리면서 살짝 한숨을 쉬고 질렸다는 듯이 중얼거리는 아오이. 생각보다 더 관심이 없어 보이는 태도였다. 나는 동료를 발견한 것 같아 흐뭇해졌다.

그런데 쉬는 시간에 자판기에서 사과주스를 사고 있는데 불쑥 유타가 나타났다.

원통형으로 둘둘 말아놓은 프린트물을 손에 든 채 거기에 대고 말했다.

"스쿠네—, 좀 물어볼 것이 있는데요."

조금 난감한 듯한 얼굴로 소곤소곤 이야기를 이어 나갔다.

"스쿠네, 당신은 정말로, 진짜로, 아오이와 안 사귀는 거예요?"

"응······? 응."

"아오이가 우정 초콜릿을 만들 거라고 의욕을 불태우고 있는데······ 이야기를 들어보니, 도저히 친구한테 만들어줄 만한 초콜릿이 아닌 것 같아서······."

"뭐? 그런 낌새는 전혀 안 보이던데."

"그, 그래요? 그러면······."

"그러면? 뭔데?"

"으음······ 그건, 아오이가 숨기고 있는 걸까요?"

즉, 우정 초콜릿이라는 것은 거짓말이고, 지금 만드는 것은 진짜 애정이 담긴 사랑의 초콜릿이 아닐까? 하는 것이 유타의 견해였다.

하긴 그런가. 주위를 둘러보면 여자가 남자에게 "우정 초콜릿을 만들 건데. 너도 가질래?"라고 가볍게 물어보는 경우가 일반적이었다. 적어도 몰래 그런 짓을 하지는 않는다. 몰래 준비할 필요가 없는 것, 그것이 바로 우정 초콜릿이다. 진짜 사랑의 초콜릿일 때나 숨기려고 애쓰는 것이다.

"그럼, 아오이가······ 고백을 하려는 걸까요?"

"누구한테?"

"그야 당연히 스쿠······ 앗! 아, 아니, 내가 너무 신경 쓰여서, 쓸데없는 짓을······! 아뇨, 방금 그 이야기는 전부 다

잊어주세요!"

유타는 자기 혼자 납득하고 완결을 짓더니 허둥지둥 떠나갔다.

설마 아오이가 나한테 진심을 담은 초콜릿을 주려고 하는 걸까?

분명히 현재로선 나 말고는 초콜릿을 선물해줄 상대가 없는 것 같은데. 예전에 고백도 받았었고.

하지만 맨 처음에 아오이가 했던 고백은 '단지 친해지고 싶어서 그랬던 것뿐이다'란 식으로 나중에 아오이 본인이 부정했었다. 아오이와 나는 절친이다. 우리 둘 다 그것으로 납득했을 것이다.

만약에 아오이가 갑자기 지금 우리의 관계를 바꾸려고 한다면. 나는 그것에 제대로 대처할 수 있을까?

지난겨울에 느꼈던 어렴풋한 초조함 같은 감정이 가슴 속에 피어났다.

하지만 그런 것치고는 아오이는 평소와 전혀 달라진 점이 없었다.

어쩌면 내가 아니라, 진지한 애정을 담은 초콜릿을 선물하고 싶은 상대가 따로 있는 걸지도 모른다. 그러한 의혹도 문득 고개를 들었다.

나와 아오이는 절친이니까, 그런 상대가 어느새 따로 생겼어도 이상하진 않을 것이다.

거의 생각해본 적도 없었고 그런 낌새도 느낀 적이 없지만, 그래도 집에 가는 길에 한번 물어봤다.

"그, 저기, 아오이. 너는………… 좋아하는 사람 있어?"

아오이는 흠칫 놀란 것처럼 눈을 휘둥그렇게 떴다.

"왜, 왜…… 갑자기 그런 걸 물어봐……?"

"응? 아니, 그건…… 요즘에는 그런 이야기를 하는 녀석들이 주변에 하도 많아서."

"아…… 뭐야, 그런 거였어? 하긴 밸런타인데이가 코앞이니까. 참 시시한 이야기야."

역시 관심이 없는 것 같았다.

이윽고 밸런타인데이 당일이 되었다.

그날 학교는 아침부터 쭉 아비규환이었다.

여자 친구가 있는 남자한테 과감하게 진심을 담은 초콜릿을 주려고 하다가 덧없이 패퇴하여 점심시간부터 교실에서 엉엉 울고 있는 여자도 있었고, 다른 반에서는 끈질기게 초콜릿을 달라고 졸라대던 남자가 철권으로 응징을 당해 보건실로 실려 가는 소동이 일어나기도 했다.

또 휴지통에 처박혀 있는 수상한 수제 초콜릿에 대한 단죄 재판이 어느 반에서는 열렸다는 이야기도 들었다.

다른 학년의 경우에는 복도에서 미남을 한가운데에 두고 여자들끼리 싸움이 났는데, 그 난투 도중에 혼란을 틈

타서 전혀 상관도 없고 인기도 없는 남자가 초콜릿을 훔쳐 달아났고, 여자 둘이서 그 남자를 쫓아다니다가 결국 교사한테 들켜 초콜릿을 한꺼번에 몰수당했다고 한다. 이처럼 학교 전체가 내내 소란스러웠다.

나는 중학교는 남학교를 다녔으므로, 공학의 밸런타인데이는 상당히 폭력적이구나 하고 감탄했다.

아오이는 그날도 태연한 얼굴로 하루를 보냈다. 방과 후가 되자 "오늘은 먼저 집에 갈게"라고 말하더니 잽싸게 학교에서 나가버렸다.

그리고 아카호리가 쇼핑백을 품에 안고 초조한 얼굴로 교실에서 나가려고 했다.

"우와…… 아카호리, 너 뭐야. 설마 그 쇼핑백 안에 든 게 전부 다 초콜릿이야?"

"90%는 우정 초콜릿이야. 이것도 나중에 답례해야 하니까, 더 이상은 받고 싶지 않아. 나 간다, 안녕."

아카호리는 나와는 다른 시공의 밸런타인데이를 경험하신 것 같았다.

나는 평소와 마찬가지로 교실에 남아서 한동안 인기 없는 우리 반 남학생들과 함께 시시한 잡담을 나눴다.

어쩌다 보니 아카호리의 책상 주변에 모여 이야기를 하고 있었는데, 거동이 수상한 여자가 몇 명 나타나서 뭔가하고 싶은 것처럼 안절부절못하다가 결국 돌아갔다.

그때마다 주변에서는 "좋았어!"라든가 "쳇" 하고 조그맣게 중얼거리는 소리가 들려왔다. 설마 우리가 아카호리의 책상 주변에 모인 것은 우연이 아니었던 건가?

그래도 모두 밸런타인데이에 관해서는 한마디도 하지 않았다. 그렇게 애써 언급하지 않는다는 것이 이미 충분히 의식하고 있다는 증거니까, 이게 또 복잡하긴 했지만.

교실에서 나올 무렵에는 다들 "내일은 15일이다!" "14일은 끝났어!" 하고 상쾌한 목소리로 떠들어댔다.

집에 돌아가려는데 신발장 앞에서 누가 나를 불러 세웠다. 그쪽을 봤더니, 처음 보는 다른 반 여학생이 서 있었다. "이거, 받아줘"라고 하면서 작은 상자를 불쑥 이쪽으로 내밀었다.

그리고 여기서 좀 떨어진 신발장 뒤에서는, 역시나 처음 보는 다른 반 여학생 하나와 남학생 하나가 숨어서 히죽히죽 웃으며 이쪽을 지켜보고 있는 것이 보였다.

순간적으로 생각했다.

위험해.

나는 오랜만에 엄청난 위기감을 감지했다.

"아, 아냐. 됐어."

나는 그렇게 말하면서 재빨리 그 상자를 돌려주는 데 성공했다. 이어서 민첩하게 신발을 신고, 마치 맹수를 만난 토끼처럼 뛰어서 교문 밖으로 빠져나갔다. 어휴, 위험할 뻔했다.

어쨌거나 그날의 학교생활은 무사히 끝났다.

그런데 유타가 했던 말이 좀 마음에 걸렸다. 집에 가면 아오이에게 물어봐야겠다.

"유우, 왔어? 자, 이리 와봐."

우리 집에 들어갔더니, 헐렁한 긴팔 트레이닝복을 원피스처럼 편하게 입고 그 위에 앞치마를 걸친 아오이가 이쪽으로 나와서 나를 식당으로 끌고 갔다.

식탁에는 거대한 초콜릿 홀 케이크가 떡하니 자리 잡고 있었다.

"이, 이건……."

"절친 초콜릿이야."

"절……친…… 초콜릿?"

"절친이니까. 평범한 우정 초콜릿보다는 호화롭게 해야 한다고 생각했거든. 그래서 기합을 넣어봤어."

코끝에 초콜릿을 묻힌 채 자랑스럽게 말하는 아오이. 그걸 본 나는 긴장이 탁 풀렸다.

"아니, 어…… 이런 것을 준비하다니, 전혀 티가 안 났는데……."

"널 놀라게 해주고 싶었거든."

밖에서는 "시시해"라고 하면서 주변 사람들을 전부 다 폐기물 보는 듯한 시선으로 쳐다보던 아오이가, 집에서는 한없이 해맑게 웃으면서 귀엽게 혀를 쏙 내밀고 있었다.

아오이는 예전에 도시락을 쌌을 때도 숨어서 몰래 했으니까. 그냥 깜짝 이벤트를 좋아하는 녀석인가 보다.

"차를 준비해 올게. 먹자."

"응…… 고마워."

아오이가 부엌으로 갔다. 나는 케이크를 자세히 관찰했다.

마치 생일 케이크 같았다.

아오이가 따뜻한 홍차를 준비해주고, 잘라낸 케이크 조각을 접시에 올려놨다.

"난 옛날에는 밸런타인데이를 싫어했어."

"그랬어? 확실히 관심은 없어 보였는데……."

"중학교 시절에는 특히…… 내 주변에는 유난히 우정 초콜릿을 주고받는 문화가 발달해 있었거든. 여자들 수만큼 각자 편지를 곁들인 초콜릿을 준비하자, 뭐 그런 식으로 친구들끼리 하는 친목 행사가 정말로 귀찮아서……."

"아, 그랬구나……."

이것도 또 내가 살아가는 시공과는 다른 차원의 밸런타인데이 이야기였다.

"하지만 올해는 즐거웠어. 꽤 오래전부터 알아보고 준비를 했다니까?"

"와……. 그래, 이건 진짜 힘들었겠다. 고마워. 정말 맛

있어."

"그리고 올해는 사쿠라가 쑥 찹쌀떡을 나한테 선물로 줬거든. 그것도 재미있고 맛있었어."

"아카호리는 선물을 받았을까?"

"아카호리는 어차피 잔뜩 받았겠지. 사쿠라는 절대로 안 줬을 거야. 애초에 사쿠라는 걔를 찼잖아? 선물을 줄 리가 없지."

"그건 그런가……."

아카호리는 선물을 받는 데 익숙해져서 그런지 별로 기뻐 보이진 않았다. 중학교 시절의 아오이와 마찬가지로 친목 행사의 일환처럼 느끼는 걸지도 모른다.

달콤한 초콜릿 케이크를 입에 넣으면서 나는 생각에 잠겼다.

세상에는 다양한 밸런타인데이가 존재하는구나.

Happy Birthday

방과 후 승강구 바깥에 숨어 있다가, 그곳을 지나가는 아카호리를 포획하는 데 성공했다.

"너와 상담하고 싶은 문제가 있어. 잠깐 이리 와봐."

아카호리는 상대가 나라는 사실을 깨닫자마자 가볍게 한숨을 쉬었다.

"뭐야, 스쿠네였냐. 화이트데이 때문에 그래?"

"엇, 어떻게 알았어?"

"아니, 지금이 딱 그런 시기이고……. 너는 여성 불신 환자이면서도 분명히 한 개 이상은 받았을 테니까."

"그건 또 어떻게 알았어……?"

"모르는 게 더 이상하잖아……."

"크흠, 아무튼. 네 말이 맞아. 살려줘. 인기 많은 초능력자님."

"왠지 네가 나를 바보 취급하는 것 같은데……."

"아냐, 그런 적 없어. 진짜로 살려 달라니까. 화이트데이에는 뭘 주면 돼?"

"그냥 평범하게 아무 가게에서나 파는 화이트데이 상품을 사서 주면 되잖아?"

"저기, 나는 상대가 직접 만들어준 거대한 초콜릿 홀 케이크를 먹었거든……?! 뭔가 좀 더, 특별한 것을 주지 않으면 상대한테 너무 미안하잖아?"

"뭐 어때…… 상대는 츠키시로잖아? 그 녀석은 네가 주는 선물이라면, 대충 굴러다니는 돌멩이를 주워다 줘도 기뻐할 것 같은데……."

"아니, 그래도 돌멩이는 안 되지."

"그야 농담이지. 뭘 또 그렇게 정색하고 대답해? ……그만큼 진지하냐?"

아카호리는 긴박감이 전혀 없는 얼굴로 의아하다는 듯이 나를 쳐다봤는데, 이윽고 살짝 숨을 내쉬었다.

"그래, 알았어. 안 그래도 내가 지금 화이트데이 선물을 사러 가려고 했거든. 너도 같이 가면 되지 않아?"

"우와, 그럼 너무 좋지! 고마워."

그리하여 아카호리와 함께 교문을 나가게 되었다.

"아카호리, 너는 뭐 살 거야?"

"나? 나는 말이지, 그러니까…… 우정의 답례 선물의 범위에서 절대로 벗어나지 않도록 같은 상품을 잔뜩 살 거야. 평화롭고 원활한 인간관계를 유지하기 위한 아이템. 결코 그 이상도, 그 이하도 아닌 물건."

세계관도 취지도 너무나 달랐다. 물어본 것 자체가 쓸모없는 짓인 것 같았다.

옆에 붙어서 따라갔더니, 아카호리는 역 근처에 있는 백화점으로 들어갔다. 그리고 미리 선언했던 대로 무난하다고 할 수밖에 없는 상품을 대량으로 구매했다. 아무것도 모르는 나는 그저 입만 딱 벌리고 구경하고 있었다.

이렇게 말하기는 좀 그렇지만, 뭔가 성의 없는 쇼핑을 잽싸게 해치워버린 아카호리는 쇼핑백을 한 손에 들고 잠시 생각하는 표정을 지었다.

"상대는 츠키시로지? 그 정도로 친하다면 음식이 아니라 액세서리 같은 것을 선물해줘도 될 텐데."

"현역 모델로 활동하는 녀석한테 선물하는 액세서리라니, 그걸 어떻게 골라……?"

"아냐, 괜찮아. 츠키시로라면 네가 대충 굴러다니는 너트를 주워서 반지라고 하고 선물해줘도 기뻐할 거야."

"그게 무슨 한물간 로맨틱코미디 드라마야?!"

"그건 또 뭔 소리야……? 그렇게 기합을 넣을 필요가 없다는 뜻이라고. 친구한테 답례로 주는 선물이잖아, 아냐?"

"그건 그렇지만…… 왜 이렇게 긴장이 되지?"

생각해보니 그 답은 금방 알 수 있었다. 나는 살면서 여자한테 선물 같은 것을 줘본 적이 한 번도 없었다.

게다가 상대는 여고생이다. 당연히 초등학교 여자애와는 달랐다.

장난감을 사줄 수도 없었다. 절친인 여고생에게 선물하는 물건은 도대체 뭐가 적당한 걸까? 전혀 모르겠다.

어느새 고등학생이 되어버린 손녀딸에게 무슨 선물을 주면 좋을지 몰라 고민하는 노인의 심정과 거의 똑같았다. 거기에 '밸런타인데이 선물에 보답하는 화이트데이 선물'이라는 성별 문제까지 더해진 이벤트가 추가되는 바람에, 단순히 친구에게 답례 선물을 주는 것뿐인데도 괜히 마음이 불편해지는 것이었다.

"아카호리…… 나 토할 것 같아."

"네가 너무 심각하게 생각하는 거라니까."

"아카호리, 그냥 네가 정해줘."

"네가 골라야지만 의미가 있는 거잖아. 그리고 넌 나를 경험이 풍부한 인기인처럼 취급하는데, 나는 여자 친구에게 선물을 해본 적이 없으니까, 전혀 참고가 안 될 거야."

"아! 그 녀석이 케이크를 줬으니까, 나는 스테이크를 구워서 선물로 주는 건 어떨까?"

"하기야 너희들은 같이 살고 있고, 궁극적으로는 마음이 중요한 거니까 그렇게 해도 상관은 없지만…… 그럴 거면 그냥 무난한 선물을 해주면 안 돼? 저쪽의 조금 비싼 종합 선물 세트 같은 것도 괜찮잖아?"

"내가 고민하는 이유가 실은 하나 더 있는데……."

"응?"

"3월 14일은, 아오이 생일이야……."

"컥! 야, 그 말을 먼저 했어야지! 그럼 이야기가 좀 달라지잖아!"

"앗…… 역시, 다르구나……?"

그럴 것 같다는 느낌은 강하게 들었었다.

"그래……. 그래서 네가 더 쓸데없이 고민하고 있었던 거구나. 너와 츠키시로는 소꿉친구라고 했지? 그동안 생일날 뭔가 선물을 준 적은 있어?"

"있었지……. 들은 이야기인데, 내가 글을 못 쓰던 시절에는 거의 부모님이 대신 써주신 편지를 줬고……. 또 얼굴을 그려 넣은 돌멩이 같은 것도 줬고…….”

“그래. 그 시대까지 거슬러 올라가는구나…….”

“석기 시대야…….”

그런 이야기를 들었을 뿐이지, 나 자신은 돌멩이를 준 기억이 없었다. 기뻐했는지 어쨌는지조차 알 수 없을 정도로 오래된 일이었다.

유아기 이후에도 우리는 계속 알고 지내긴 했지만, 서로 생일을 축하해주는 관계는 아니었다.

“그런데 스쿠네, 네 생일은 언제야? 그때 네가 선물을 받았다면, 참고가 되지 않을까?”

“내 생일은 5월 말인데, ……그때는 아직 아오이랑 지금처럼 사이가 좋진 않았으니까. 우리 둘 다 신경을 안 썼어.”

그 시기와 지금은 상황이 달랐다.

“으음……. 뭐, 일단 좀 더 다양한 것들을 살펴볼까?”

“응, 그래.”

인기 있는 남자의 조언에 따라 다양한 물건들을 보면서 돌아다닌 결과, 집 열쇠에 달아놓을 키링이나 키홀더가 좋지 않을까? 하는 이야기가 나왔다. 쭉 둘러보고 다니길 잘했다. 머리로만 생각해봤자 아마 이런 결론은 나오지 않았을 것이다.

다행히 적당한 상품들이 한가득 진열된 매장이 있었다.

이쪽 끝에서부터 저쪽 끝까지 진지하게 살펴봤다.

"아카호리…… 신기하다."

"뭐가?"

"매장에 진열된 상품은 전부 다 멋져 보이는데…… 그걸 내가 준다고 생각하면, 그 순간 전부 다 촌스러워 보인단 말이지……."

"우와…… 얼마나 비굴해져야 그렇게 되냐……?"

아카호리가 묘하게 감탄하면서 고개를 끄덕였다.

이 와중에 눈에 띈 물건 하나를 집어 들어봤다.

파란색, 빨간색, 분홍색, 하늘색, 그렇게 여러 종류의 작은 색유리들로 이루어진 토끼가 달린 키링이었다.

눈에 띈 순간의 1초 동안은 반짝반짝하고 예뻐 보였는데, 곧바로 순식간에 애매해져서 뭐가 뭔지 모르게 되었다.

"아카호리…… 이거, 예뻐?"

"응. 예뻐 보이는데."

"정말…… 진짜로, 한 치의 의심 없이 그렇게 생각해?"

"……음, 그렇게 진지하게 물어보면 나도 마치 게슈탈트 붕괴 같은 느낌이 들어서 잘 모르겠지만, 일단 여자 고객들을 위한 매장에 진열된 상품이니까 그렇게까지 이상한 것은 아니지 않을까?"

"아니, 좀 더 자신을 가져봐……."

"내가 자신을 가져서 어쩌자고."

더 이상은 머리가 돌아가지 않게 되었다. 나는 결국 그

키링을 샀다.

　가게에서 나온 순간 퍼뜩 정신이 들었다.

　"내가 왜…… 이런 것을 샀지……?"

　"뭐?"

　"자기 취향에 맞지도 않고 자리만 차지하는 물건보다는, 맛있는 만쥬 같은 게 더 낫지 않았을까?"

　"왜 이렇게 진지한 표정이야……? 걱정하지 말라니까. 상대는 츠키시로잖아."

　"상대가 츠키시로 아오이라니까?!"

　"외치지 않아도 다 알아……."

　아니, 괜찮을 거다. 내가 이 물건을 주는 사람은, 현역 모델이고 교실에서는 거의 아무와도 대화하지 않고 무뚝뚝하게 지내면서도 또 성적은 우수하고 운동도 다 잘하는 여자가 아니다. 어린 시절에 담력 시험에 참가했을 때 겁에 질린 나머지 눈을 감고 걷다가 결국 넘어져서 울음을 터뜨렸던 녀석이다. 무척 사이가 좋은 절친이다. 여자가 아니라 절친이다.

　"아아…… 아카호리…… 저쪽에서 아주 훌륭한 만쥬를 팔고 있어……."

　"너는 아까 그렇게 심하게 고민했으면서, 왜 이제는 쿠키나 사탕이 아니라 만쥬에 확 꽂혀버린 거야……?"

　"만쥬는…… 맛있으니까……."

집에 돌아갔더니 마침 아오이가 현관 앞 복도에 나와 있었다. 나는 넋이 나간 상태였으므로 놀라서 심장이 좀 두근거렸다.

"유우, 왔어? 이제 곧 저녁 먹는대."

"응, 그래. 저녁 메뉴는 뭐야?"

"햄버그야. 맛있을 것 같아."

"그렇구나…….'

"오늘은 어디에 갔다 온 거야?"

"응? 아, 그냥. 길가에."

"길가……?"

"아, 아니, 뭐냐, 아카호리랑 적당히 걸어 다니면서 놀았어."

"걸어 다니면서? 그, 그랬구나."

"난 내 방에 가서 옷 갈아입고 올게."

내 방으로 돌아와 실내복으로 갈아입은 뒤, 요새 책가방으로 쓰고 있는 백팩 안을 들여다봤다.

오늘은 아직 11일이다. 14일은 주말이 지난 월요일. 아직 일렀다.

마치 내가 가지고 있으면 안 되는 물건을 가방 속에 숨겨두고 있는 것처럼 괜히 켕기는 느낌이 들었다. 빨리 이걸 줘버리고 편해지고 싶은 마음도 있었다. 나 같은 경우에는 굳이 학교까지 가져갈 필요는 없으니까, 그냥 주말에 쉬버리는 것이 속이 편할지도 모른다.

저녁 메뉴인 햄버그 위에는 치즈가 올라가 있었다.

인스턴트 옥수수수프와 샐러드도 있었다. 우물우물 먹고 있는 나의 눈앞에서 어머니는 줄줄 이야기를 계속 늘어놓고 있었다. 그 이야기를 한 귀로 듣고 한 귀로 흘렸다.

그런데 쭉 흘려듣고 있던 목소리가 문득 귀에 들어왔다.

"아오이, 내일은 호텔에서 묵는다고 했지? 시즈네와 연락은 제대로 했어?"

"네."

무슨 이야기일까. 나는 "뭐?" 하고 고개를 들었다.

"어머나, 내가 말을 안 했니? 어제 아오이의 부모님이 잠시 귀국하셨거든. 마침 아오이의 생일이기도 하고~. 그래서 주말에는 가족끼리 오붓하게 만나 축하를 하기로 했대."

"아, 그래……?"

"응. 일요일 밤에는 돌아올 거야."

내 예상은 가볍게 빗나가버렸다.

내가 산 물건은 백팩에서 나오지도 못했고, 아오이는 부모님을 만나러 갔다.

*　　*

일요일 밤에 나는 거실에서 영화를 보고 있었다.

밖에서 자동차 소리가 들렸다. 현관문이 조심스럽게 열리는 소리가 났다.

잠시 후 거실문이 조용히 열리더니 아오이가 들어왔다. 좀 격식을 차린 드레스와 비슷한 원피스를 입고 있었다. 아마도 어딘가 좋은 곳에서 식사라도 하고 온 걸지도 모른다.

"아, 유우. 아직 안 자고 있었구나? 나 왔어."

아오이는 속삭이는 듯한 목소리로 말했다.

"그렇게까지 소리를 죽일 필요는 없어."

"그런가? 이미 밤늦은 시간이잖아."

그 말을 듣고 시간을 확인해봤더니 11시 50분이었다.

"아무튼 잘 왔어. 재미있었어?"

"응. 그야 뭐, 저기, 알지?"

아오이는 왠지 좀 부끄러워하는 듯한 얼굴로 웃었다. 어쩌면 아오이도 부모 자식끼리만 모여서 시간을 보내는 게 조금 쑥스러운 걸지도 모른다.

"아, 유우, 이거. 너를 위해 사 온 선물이야."

"응? 이게 뭔데?"

"네가 좋아할 것 같은 만쥬야. 양과자도 있었지만, 너한테는 이게 딱이겠다— 싶어서."

"진짜?! 고마워!"

설마 상대가 나한테 아무렇지도 않게 깜짝 이벤트로 만쥬를 선물해줄 줄이야. 아오이의 이런 행동은 너무나 자연스러운 친구 같은 느낌이었다. 그래서 나는 기뻤다.

　그리고 문득 '지금이다'란 생각이 들었다.

　"있잖아, 아오이. 잠깐만 기다려줄래?"

　황급히 내 방으로 뛰어갔다. 여전히 백팩 속에 들어 있는 조그만 쇼핑백을 꺼내 거실로 돌아갔다.

　아오이는 거실 바닥에 깔린 러그 위에 앉아 있었다. 나도 그 앞에 앉아 쇼핑백에서 상자를 꺼냈다.

　"어— 저기, 이게 화이트데이 선물이고."

　"어, 우와. 고마워. 기뻐……."

　아카호리의 조언에 따라 화이트데이는 화이트데이로서 따로 챙기기로 하고, 무난한 과자 선물 세트를 샀다.

　아오이는 그 작은 상자를 끌어안고 기쁘게 웃었다.

　"그리고 이건…… 생일 선물이야."

　"어?"

　아오이는 내가 건네준 상자를 양손으로 들고 심각한 얼굴로 나를 쳐다봤다. 그리고 몸을 바르르 떨었다.

　"저기, 나, 나…… 지난 몇 년을 통틀어 최고로, 기뻐……."

　"그, 그래? 표정은 엄청 심각한데."

　"이렇게 흥분해본 적이 없으니까 어떤 표정을 지어야 할지 몰라서 그래. 와, 나 이거 열어보고 싶어. 열어봐도 돼?

열기 전부터 이미 클라이맥스인데."

"응, 해도 돼."

아오이는 상자를 열고 안을 들여다봤다. 그리고 한 번 뚜껑을 닫더니, 자기 얼굴을 양손으로 감쌌다.

흥분해서 그런지 귀 언저리까지 붉어져 있었다.

"너, 너무 예뻐~…… 예쁘다. 이거, 유우가 고른 거야?"

"응."

"나를 위해?"

"응."

"유우가?"

"응."

아오이는 "고마워. 기뻐!"라고 하더니 와락 나를 끌어안았다.

"이거 써도 돼?"

"응."

"좋아. 앞으로 계속 쓸게."

웃는 얼굴로 온 힘을 다해 나를 껴안는 아오이. 나도 덩달아 웃고 말았다.

아오이 너머의 벽에 걸린 시계가 보였다. 마침 자정이 좀 지난 시각이었다.

"아, 맞다."

"응?"

"네 생일이 됐어. 생일 축하해."

아오이도 고개를 돌려 시계를 보고 확인했다.

"진짜네. 고마워."

"난 그동안 여자한테 선물을 줘본 적이 없거든. 그래서 좀 쓸데없이 긴장했었는데…… 절친이란 것은 참 좋구나."

아무리 친구여도 성별이 여자인 사람에게 선물을 준다는 행위에 조금 긴장감을 가지고 임했는데, 막상 선물을 줘보니 진짜 별것도 아니었다. 게다가 자연스러운 기쁨이 넘쳐흘렀다. 마음이 무척 즐거워졌다. 그래. 역시 아오이는 절친인 거야.

"응, 그 마음은 나도 잘 알아! 나도 너한테 줄 선물은 정말 즐겁게 샀거든."

한동안 감동에 젖어 있다가, 아오이가 퍼뜩 뭔가 떠올린 듯한 표정으로 벌떡 일어났다.

"아, 맞다. 유우, 잠시만 기다려줄래?"

이번에는 아오이가 위층에 갔다가 돌아왔다.

"이거…… 말인데, 전에 주려다가 못 줘서……."

"뭐……?"

"작년에 네 생일날 샀는데, 그때는 아직 지금처럼 친하진 않았잖아……? 그리고 그 후에는 뭔가, 적당한 기회가 없어서……."

그 안에는 진갈색 가죽 반지갑이 들어 있었다.

아무리 봐도 내가 직접 고르는 것보다 훨씬 세련된 디자인이었다.

"우와, 고마워. 진짜로 기뻐. 잘 쓸게."

"에헤헤. 유우, 너도…… 생일 축하해."

"고마워. 너도 축하해."

"응. 고마워. 축하해."

둘이서 싱글싱글 웃으며 몇 번이나 "축하해"라고 말하면서 생일을 축하했다.

봄방학

3학기가 끝나고 짧은 봄방학이 시작됐다.

또다시 한동안 집에서 지내게 되었다.

일을 마치고 귀가한 아오이가 자기 방으로 돌아가지 않고 그대로 내 방의 문을 두드렸다.

"유우, 내일 시간 있어?"

"응. 왜?"

"역 앞으로 쇼핑하러 갈 건데, 너도 같이 가지 않을래? 내가 모으고 있는 책의 신간이 나오거든."

"그래. 내가 뭘 도와주면 돼?"

"아니. 모처럼 우리 둘이서 외출할 수 있게 되었으니까, 자주 같이 나가고 싶어서."

아오이는 집에서는 정말로 솔직하고 기쁜 미소를 스스럼없이 지었다.

바로 얼마 전에 학교에서 개그맨을 꿈꾸는 남학생이 아오이에게 찾아오더니 꼭 한번 봐 달라면서 억지로 개그 공연을 선보였는데, 아오이는 한 번도 웃지 않았다. 그리고 공연이 다 끝나자 "저리 가"라고 말해서 상대를 울게 했다. 그 여자와 눈앞의 아오이가 동일 인물이라는 게 믿기지 않았다.

휴일 전날에는 저절로 신이 나서 밤새워 놀게 된다. 그래서 늦게 잤다.

다음 날. 부모님이 일하러 나가신 후에 스마트폰이 울려서 나는 눈을 떴다.

"여보세요."

"유우, 일어났어? 난 거실에 있어."

꾸물꾸물 일어나서 거실에 있는 아오이와 만났다.

"안녕……."

"유우, 너 머리가 완전히 엉망이야."

"진짜? 보고 올게."

욕실에 들어가 있는데, 밖에서 아오이가 조금 큰 목소리로 질문을 던졌다.

"유우, 겉옷은 두꺼운 옷을 입고 가는 게 나을까?"

"오늘은 날씨가 좋아 보이니까, 슬슬 얇은 옷을 입어도 될 것 같은데."

엉망이 된 머리카락을 정돈하고 나갔다. 그러자 봄기운이 느껴지는 연한 색상의 카디건을 걸친 아오이가 짠 하고 눈앞에 나타났다.

"이거 봐! 촬영할 때 보고 예뻐서 샀어. 어때, 예쁘지?"

"응…… 예………… 응."

잠이 덜 깨서 무심코 솔직한 감상을 말할 뻔했지만, 그 말을 꿀꺽 삼키고 "봄이란 게 느껴져서 좋네요"라고만 대답했다.

느긋하게 걸어서 우리 집을 나왔다. 그리고 가장 가까운 역 근처로 갔다.

아오이는 곧장 서점으로 향했다.

"앗, 이거다."

"책을 모은다고 했지? 근데 공포 소설도 시리즈로 나와?"

"나와."

"그럼 주인공이 매번 다양한 괴물한테 습격을 당하는 거야? 아니면 매번 같은 괴물이 주인공인 거야?"

내가 그렇게 말하자 아오이는 웃었다.

"아니, 그런 게 아니고. 보통은 영매라든가? 그렇게 퇴마를 하는 사람이 주인공이야."

"아, 그렇구나. 고스트버스터즈 같은 건가……."

아오이가 서점에서 무사히 신간을 입수한 다음에 우리는 둘이서 영화 잡지 페이지를 팔락팔락 넘겼다. 나는 '살해된 반려견을 위해 복수하려고 마피아를 괴멸시킨 전직 킬러'에 관한 영화 이야기를 아오이에게 해줬다.

근처에 있는 프랜차이즈 카페에 들어가 점심을 먹기로 했다.

계속해서 우리는 각자 핫도그와 파니니를 앞에 두고 아오이가 좋아하는 공포 소설에 관해 이야기했다. 그런데 내 등 뒤의 자리에 있는 커플이 갑자기 싸우기 시작했다. 우리는 둘 다 입을 다물었다.

"난 납득이 안 돼."

"친구 생일이라니까."

"3주 연속으로 친구 생일이 있다고? 말이 돼?"

"아니, 진짜로 연속으로 있는 걸 어떡해…… 옛날부터 누구 생일일 때는 꼭 친구들끼리 다 함께 모이기로 했단 말이야. 게다가 너도 얼마 전에 내가 쉬는 날이었을 때는, 만나기 직전에 약속을 취소했었잖아?"

"그때는 배가 아파서 어쩔 수 없었던 거고. 그게 이거랑 무슨 상관이야?"

무심코 그 이야기를 듣고 있었는데, 처음에는 쉬는 날 이런저런 사정 때문에 못 만나는 것에 대한 불만에서 시작하더니 그것이 점점 '이성인 누구 씨와 지나치게 친하다'

'전여친한테 받은 선물이 아직도 집에 있다' '자택의 구독 사이트의 사용 이력을 보니, 본인의 취향에 안 맞는 것이 포함되어 있었다' 등의 이야기로까지 발전해 나갔다.

아오이가 문득 생각난 것처럼 파니니를 덥석 한 입 베어 물더니 꿀꺽 삼켰다.

그리고 얼굴을 가까이 대고 조그맣게 "장난 아니다, 그렇지……?"라고 나에게 말했다.

"우리는 절친이니까 저렇게 싸울 일도 없지만."

아오이가 은근히 자랑스러워하는 말투로 말했다.

하기야 절친인 우리와는 상관없는 문제였다. 우리는 저런 성가신 문제는 잘 피해서 양호한 인간관계를 구축하고 있다. 그 점에 대해 희미한 우월감이 싹텄다.

시내에서 산책하다가 저녁이 되어 천천히 집으로 걸어 돌아갔다.

"마트에 들렀다 가자."

"아, 저녁밥?"

우리한테는 휴일이어도 우리 부모님한테는 평일인 수요일. 수요일은 어머니의 일 스케줄 때문에 밤까지 우리 둘만 집에 있게 된다.

동네 마트에 들어갔다.

도시락 코너를 살펴봤는데 딱히 마음에 드는 것이 없었다.

우리 집 근처에는 도시락 가게가 없었다. 그래서 보통은 늘 편의점이나 이 마트에서 도시락을 사 먹는 편이었다.

그러나 양쪽 다 1년이 넘게 꼬박꼬박 수요일 저녁으로 먹다 보니, 다소 라인업이 변경되더라도 역시 좀 지겨워질 수밖에 없었다. 아오이도 별로 마음에 드는 도시락이 없는지 조그만 목소리로 중얼거렸다.

"내가 뭐라도 좀 만들어볼까……?"

"응, 아니면…… 전에는 네가 만들었으니까, 오늘은 내가 만들어볼까."

"……뭐? 그것도 좋지. 뭐 만들 건데?"

"내가 만들면 카레……? 나는 그런 것밖에 못 만들거든."

정확히 말하자면 인스턴트 라면과 국수 같은 음식도 만들 수 있지만, 둘 다 겨울 끝자락의 저녁 메뉴로는 적합하지 않을 것 같았다.

"난 괜찮아. 카레 좋아하니까."

"그래."

아오이와 함께 장바구니에 카레 재료를 집어넣었다.

"토마토 넣자, 응? 토마토 카레."

아오이가 옆에서 토마토 캔을 추가하더니, "디저트로 아이스크림을 먹자"라고 하면서 아이스크림도 추가했다. 즐거워 보였다.

집으로 돌아와서 나는 부엌에 섰다.

카레를 만드는 것은 초등학교 6학년 시절에 야외 요리를 했을 때 이후로는 처음이었다.

하지만 이런 것은 그냥 재료를 썰어서 적당히 볶고 삶아 주다가 카레 루를 넣기만 하면 되니까, 아마도 간단할 것이다. 우선 쌀을 밥통에 넣고 취사 버튼을 눌렀다.

그러는 사이에 아오이가 부드러워 보이는 천으로 된 상하 세트 실내복으로 갈아입고 나타났다.

바지 길이는 반바지 수준인데, 복슬복슬한 재질의 무릎까지 오는 양말이 한 세트인 것 같았다. 더위에도 추위에도 둘 다 애매하게 대응하기 어려워 보이는 옷이었다. 그러나 본인에게는 참 잘 어울렸으므로 뭐라고 토를 달 수도 없었다.

"유우, 요리할 거면 내 앞치마를 입을래?"

"아니, 필요 없는데……."

아오이는 내 대답은 듣지도 않고 얼른 앞치마를 가지고 왔다.

"옷이 더러워지잖아. 일단 입어봐. 자, 해줄게."

아오이는 살짝 발돋움을 하더니 나를 끌어안을 듯한 자세로 나한테 앞치마를 입혀줬다.

나름대로 거리를 두려고 한 것 같은데, 그래도 앞으로 쑥 튀어나온 가슴이 부드럽게 눌리듯이 딱 한순간 나에게 밀착된 것이 신경 쓰였다.

"좋아, 됐어. 멋진데!"

아오이가 쿡쿡 웃으며 말했다.

"그런가? 실은 완전히 바보 같아 보이는 거 아냐?"

식칼을 손에 들었는데 뒤에서 인기척이 느껴졌다. 뒤를 돌아보니 아오이가 내 옆에서 이쪽을 들여다보고 있었다.

"······괜찮아?"

"아니, 저기요. 그냥 양파만 써는 건데요."

"손은 동그랗게 잘 오므린 거 맞지? 조심해."

"알았어."

툭 하고 양파를 잘랐다. 뒤를 돌아보니 아오이가 가만히 이쪽을 보고 있었다.

"······왜?"

"응? 아, 구경해도 돼?"

아오이가 실없이 웃더니 이쪽으로 더 가까이 다가왔다.

가까이에서 내 손의 움직임을 들여다보는 아오이. 그 머리카락이 가볍게 내 팔뚝에 닿았다. 샴푸 향기가 물씬 풍겼다.

"아오이······ 저기, 넌 저쪽에 가 있어. 엄청나게 집중이 안 되니까."

"알았어. 멀리서 볼게."

"볼 필요 없어!"

"하지만 유우가 요리하는 게 너무 신기한걸. 보고 싶어."

"볼 필요 없다니까……."

조금 썰었을 뿐인데도 양파가 매워서 눈물이 났다.

"그럼…… 들키지 않고 몰래 보는 것은 괜찮아?"

아직도 그 이야기를 하고 있냐…….

"저기—, 유우—, 몰래……."

"난 지금 양파와 진지하게 싸우고 있으니까…… 제발 좀
조용히 해주면 안 될까?"

썩둑, 썩둑 하고 썰었다. 이 양파는 유난히 매웠다. 어
머니가 일전에 "요즘 나오는 양파는 예전에 비하면 별로
맵지 않은 것 같아"라고 하셨는데, 그게 헛소문이었던 건
가…….

어째 주위가 조용해진 것 같았다. 아오이가 부엌에서 나
갔나 보다…… 아니, 한순간 그런 것처럼 보였다.

"아오이…… 그냥 가까이에서 봐도 되니까, 문 뒤에 몰
래 숨어서 훔쳐보지 마. 오히려 무지무지 신경 쓰인다고."

"아하하하하!"

아오이가 학교에서는 들어볼 수 없는 커다란 소리로 웃
음을 터뜨리더니 다시 가까이 다가왔다.

"와, 유우. 너 울어?"

"양파가…… 너무 매워."

"울지 마. 기운 내."

"너 즐거워 보인다?"

"응, 정말 즐거워."

이제는 푹 끓이기만 하면 되는 단계까지 왔을 때, 아오이는 식탁에 팔꿈치를 대고 턱을 괸 채 기다리고 있었다.

"카레, 언제 다 되나~ 언제 다 되나~?"

"금방 다 돼."

"기대된다."

카레가 무사히 완성되어 우리는 둘이서 저녁을 먹었다.

아오이는 생글생글 웃으면서 숟가락을 입으로 가져갔다.

"맛있어."

"그야 뭐, 카레는…… 누가 만들어도 카레니까."

"그건 아니야. 의외로 물 조절을 잘못해서 망치기도 하는걸. 너무 묽어지거나 너무 걸쭉해지거나……. 그런데 이 카레는 딱 알맞아서 정말 맛있어."

그렇게 최선을 다해 칭찬해줬다. 다 먹은 다음에는 같이 설거지를 했다.

그 후 차례차례 목욕하고 나서 거실 소파에 나란히 앉았다.

"오늘은 종일 즐거웠어."

아오이가 만족스럽게 말하더니 리모컨으로 공포 영화를 화면에 띄웠다.

"유우, 너 이거 봤어?"

"아니, 아직."

"그럼 이거 보자."

영화가 재생됐다.

나란히 있는 어깨와 어깨가 서로 닿아서 따뜻했다. 강약이 거의 없는 평온한 장면들이 쭉 이어지는 것을 지켜보다가 나도 모르게 깜박 잠들고 말았다.

"얘들아, 나 왔어."

어머니가 집에 들어오시는 소리를 듣고 눈을 떠보니, 나는 아오이의 어깨에 머리를 올려놓고 있었다.

후다닥 몸을 일으키며 입에서 흘러나온 침을 닦았다.

"미안, 어깨가 무거워서 불편했지?"

"아니, 나는 괜찮은데…… 넌 어떻게 그렇게 잘 자……?"

"아, 그게…… 하나도 안 무서워서…… 점점 잠이 오더라고……."

"뭐—? 왠지 기분 나빠서 무서웠는데……."

"저기, 그래서 이건 결국 어떻게 됐어?"

"주인공인 여자 말고는 전부 다 죽었어."

그렇게 이야기를 하고 있는데 어머니가 거실로 들어오셨다.

"어머, 카레 냄새가 나네! 아오이, 네가 만들었어?"

"유우가 만들어줬어요."

아오이가 이유도 없이 자랑스러워하는 말투로 대답했다.

"유우가?! 세상에, 너 인스턴트 라면 말고 다른 것도 만들 수 있었니?”

어머니가 이유도 없이 실례되는 말투로 대꾸하셨다. 우리 어머니는 변함없이 자연스럽게 아들을 짜증 나게 만드는 천재적 기술을 가지고 있었다.

영화가 다 끝나자 아버지도 집에 오셨다. 우리는 각자 자기 방으로 돌아갔다.

어쩐지 무척 평화로운 하루였다.

그 후에도 계속 이런 식으로 지내다가 짧은 봄방학은 평화롭게 끝이 났다.

진급

두 번째 봄이 와서 우리는 고등학교 2학년이 되었다.

우리 학교는 3학년부터는 학력별로 반이 나뉘지만 2학년 때는 반이 바뀌지 않는다. 그래서 변함없이 신선미가 없는 멤버들과 함께하는 생활이 계속 이어졌다.

변한 것이 있다면 새로 1학년이 입학한 것이었다.

아오이는 그 미모와 모델 활동을 한다는 소문 때문에 금방 숭배의 대상이 되었다. 아오이가 복도를 걸어갈 때마다, 또는 식당에 갈 때마다 남자뿐만 아니라 여자도 수군수군 자기들끼리 떠들어대거나 아오이에게 말을 걸었다. 그래서 아오이는 매일 성가시기 짝이 없는 생활을 보내는 것 같았다.

　그날도 연결 복도를 걸어가고 있는데, 팔짱을 끼고 있는 아오이와 그 앞에 선 1학년생 남자가 서로 대치하고 있었다.

　무슨 이야기를 하고 있는지는 들리지 않았다. 아무튼 남자가 필사적으로 무슨 말을 하고 있었다.

　"응?"

　아오이가 나를 눈치채고 손짓하여 이쪽으로 오라고 했다. 그래서 그쪽으로 가봤다.

　내가 가자 아오이는 다시 1학년생을 돌아봤다.

　"아까 그 질문에 대한 대답인데……."

　그러더니 아오이는 자기 팔로 내 팔을 휘감아 꽉 붙잡더니, 머리를 내 어깨에 톡 하고 올려놨다.

　화들짝 놀라 아오이의 얼굴을 봤다. 그 녀석은 어리광 부리는 것처럼 귀엽게 꾸며낸 미소를 짓고 있었다. 저기요, 누구세요?

　집에서 보여주는 얼굴과는 다르게 몹시 부자연스러운 얼굴로 웃으면서, 완벽하고 빈틈없는 미소녀가 나에게 찰싹 달라붙어 있었다.

　1학년생은 "아, 그, 그렇군요!"라고 말하더니 떠나가 버렸다.

아오이는 나한테서 떨어지더니 즉시 아까처럼 차분한 표정을 지었다.

"⋯⋯고마워."

"무슨 일인데⋯⋯?"

"남자 친구가 있느냐고, 없으면 사귀자고, 뭐 그런 게 너무 귀찮아서. 방금 내 마음대로 네 도움을 받은 거야."

"뭐⋯⋯? 그러면 또 헛소문이 퍼지잖아."

"남자 친구라고 정확히 말한 것은 아니잖아? 상대가 멋대로 착각했을 뿐이지."

"그건 그렇지만⋯⋯."

그 소문이 점점 주지의 사실이 되어가고 있어서 조금 혼란스러워졌다.

그날 우리 반 학생들은 수업 전에 음악실로 이동했는데, 아오이 한 사람만 거기 없었다.

"스쿠네, 가서 츠키시로 좀 불러 와―. 남자 친구잖아?"

"어, 알았어."

대답하고 나서 뒤늦게 '남자 친구'란 부분에 의문을 느꼈다. 아차, 무심코 또 흘려 넘겨버렸구나.

아오이는 최근에는 괜히 남들이 자기한테 접근하지 않도록, 일부러 그 소문을 부정하지 않는 것 같았다. 나도 그것을 굳이 일일이 부정하러 다니지는 않았다. 하지만 솔직히 말하자면 이 정도로 공공연하게 헛소문이 퍼질 줄은 몰랐다. 이쯤 되면 오히려 '실은 사귀지 않는다'라는 사실을 숨기고 있는 듯한 상황이 되어버리는 것이다. 이런 현실이 잘 이해가 되지 않았다.

수업이 시작되어 조용해진 복도를 대충 훑어보면서 우리 반 교실로 돌아왔더니, 아까 나올 때는 없었던 사람 그림자가 교실 안에 있었다.

"아오이…… 여기 있었네."

아오이는 큰 창문을 열고 다리만 베란다로 내놓은 채 창가에 걸터앉아 있었다.

뭐 하고 있느냐 하면, 아무리 봐도 느긋하게 일광욕하는 것 같았다.

문 열리는 소리를 듣고 이쪽을 돌아본 아오이는 금방 미소를 지었다.

"유우, 나 부르러 와줬구나?"

가까이 다가가자 아오이는 그대로 몸을 뒤로 젖혀 벌렁 누워버렸다.

"야, 눕지 마. 바닥이 더럽지도 않아? 다음 수업은 음악실이야."

"응. 알아."

당연히 일어날 줄 알았는데, 아오이는 여전히 그 자세를 유지하고 있었다. 그리고 걸음을 떼려던 나의 교복 바짓가

랑이를 슬쩍 붙잡았다.

"안 돼, 가지 마―."

왠지 장난치는 듯한 말투로 그렇게 말했다.

"아니, 너도 같이 가야지."

"흐음~. 있잖아, 난 수업을 땡땡이쳐본 적이 없거든……."

"예전에 늦잠 자서 1교시 수업에 지각했던 적이 있지 않
아……?"

"아이참, 그게 아니라……. 유우, 너는 그런 적 있어?"

아오이가 이동할 기미가 보이지 않았으므로 나도 그 자
리에 쪼그려 앉았다.

"중학교 1학년 때…… 쉬는 시간에 안뜰에 BB탄이 엄청
많이 떨어져 있어서…… 친구랑 그걸 열심히 줍다가, 나도
모르게 한 시간을 통째로 날려버린 적이 있지."

"그런 이유로? 정말 중학교 1학년 때? 초등학교 1학년이
아니라……?"

"유감스럽게도 중학교 1학년이었어."

"우와…… 하지만, 그래. 유우니까 그럴 수도 있지."

"뭐……?"

"틀림없이…… 그 친구가, 무슨 이유가 있어서 수업을
들으러 가고 싶지 않았던 거라고 생각해."

"………………맞아."

한동안 아오이는 드러누운 채 눈 부시다는 듯이 눈 위에

손바닥을 펼쳐놓고 있었다.

"졸려서 잘 것 같아…….."

"음악실에는 안 갈 거야? 나 간다."

아오이는 그 자세 그대로 손가락 하나를 똑바로 세웠다.

"유우는 말이지―. 내가 여기서 잠들어버려도, 나를 두고 가지는 않을 거야."

"그야, 뭐…… 사람을 부르러 왔다가 혼자 돌아가면 뭔가 이상하잖아?"

아오이가 일어날 기색이 없었으므로 나도 똑같이 베란다에 다리를 내놓고 그 옆에 드러누웠다.

몇 초 동안 침묵이 흘렀다. 그 후 아오이가 조그맣게 한마디 덧붙이는 것처럼 말했다.

"……그런 점이, 좋아."

"아, 네…… 고마워요."

눈 위에 손을 올려놓고 있던 아오이가 갑자기 눈을 크게 뜨더니 나를 쳐다봤다.

"유우…… 좀 더 부끄러워해 봐."

"아오이, 너야말로 부끄러워하지도 않잖아."

"그건, 상대가 너니까……."

"나도 그래. 상대가 너니까."

아오이는 뭐가 그렇게 웃긴 건지 킥킥 웃었다. 나도 덩달아 가볍게 웃었다.

"있잖아— 내가 말이지……. 최근에는 좀, 지쳐서……."

본디 대인 관계에는 서툰 편인데, 날마다 그렇게 처음 보는 사람들이 줄줄이 자기한테 말을 걸고 있으니 아오이가 지치는 것도 이해는 갔다. 조금만 더 시간이 지나면 하급생들도 아오이의 존재에 익숙해질지도 모르지만, 지금은 아직 아오이의 존재가 신기한지 일단 말을 걸고 보자! 하면서 경쟁적으로 말을 걸고 있는 듯했다.

올해 1학년생들 중에는 남녀를 불문하고 이상하게 적극적인 녀석들이 많은 걸까. 아니면 아오이의 지명도가 좀 더 높아진 걸까. 아무튼 작년보다 훨씬 더 시끌벅적했다.

옆으로 누운 채 팔꿈치를 바닥에 대고 머리를 받친 자세로 멍하니 아오이의 옆얼굴을 지켜보고 있었다. 그러자 똑바로 누워 있던 아오이가 이쪽을 향해 빙글 몸을 돌렸다. 내 가슴 근처에 머리를 묻으면서 고양이처럼 살짝 몸을 둥글게 말았다.

"……뭐 해?"

"절친한테 힐링 받는 중이야."

"아, 그래……."

"내 머리. 좀 쓰다듬어도 돼."

"쓰다듬어 달라는 거야……?"

"……응, 해줘."

"아, 알았어."

의외로 순순히 상대가 그런 말을 해서 나는 약간 당황했다.

나는 친구 집에 있는 고양이밖에 쓰다듬어본 적이 없었다. 쓰다듬 초보자, 쓰다듬 미경험자이다. 아무리 상대가 아오이여도, 여자의 머리를 쓰다듬으려니 다소 긴장이 되었다. 하지만 내가 이런 짓을 함으로써 상대의 쓸데없는 피로감이 사라진다면, 그건 꽤 가성비가 좋은 일일 것이다.

살며시 손을 내밀어 만져봤다.

이게 뭐지. 엄청나게 보들보들하잖아.

머리카락은 원래 좀 더 굵고 뻣뻣한 게 아니었나?

완전히 머리카락의 개념이 달라졌다.

더구나 좋은 냄새까지 났다. 쓰다듬는 감촉이 좋기는 했지만, 내 마음은 굉장히 불안했다.

나는 그렇게 안절부절못하고 있는데도 아오이는 그 상태에서 몸을 움직이지도 않고 가만히 있었다. 체감상 5분 정도 지났을까. 아오이의 얼굴을 확인해봤더니, 놀랍게도 아오이는 잠을 자고 있었다.

"아니, 이러고 자는 거야?"

놀라서 작은 소리를 내자, 아오이는 금방 눈을 떴다.

"내가 잤어?"

"……자는 것처럼 보였는데."

아오이는 상체를 일으켜 창밖을 바라보면서 가볍게 하

품을 한 번 했다.

"수업은 어쩔래?"

"좀 더 이렇게 쉬고 싶어."

미소녀가 은근히 어리광 부리는 듯한 표정으로 내 무릎에 머리를 올려놓고 그런 말을 하고 있었다. 그 계산적인 애교와 귀여움에 나는 전율했다.

내가 아오이를 부르러 갔는데 결국 둘 다 수업을 들으러 돌아오지 않았으므로, 주변 사람들의 오해는 더욱 깊어지고 말았다.

나는 일일이 '사귀는 거 아니야'라고 부정하고 다니는 것을 아예 포기했다.

꽃구경

저녁 식사 후 거실에서 아오이와 함께 차를 마시면서 느긋하게 잡담을 나누고 있었다.

"오늘 벚꽃이 참 예뻤어——."

올해는 날씨 탓인지 예년보다 좀 늦게 벚꽃이 피었다. 입학식 때는 아직 꽃봉오리였는데 1주일쯤 지나자 드디어 꽃이 피어나기 시작한 것이다.

"그러게. 벌써 지기 시작했으니까, 이번 주까지가 끝일지도 몰라."

"꽃구경 가고 싶었는데."

"아―, 그러게. 그거 좋은데."

"도시락을 들고 가는 거지. 이 동네에서는 꽃구경할 때는 보통 어디로 가?"

"그러고 보니 해마다 근처에 있는 강가에서 돗자리를 펴 놓고 꽃구경하는 사람들을 꽤 많이 봤어."

정말로 별생각 없이 이야기했을 뿐이지, 뭔가 구체성이 있는 것은 아니었다. 하지만 그런 이야기를 눈치 빠르게 엿들은 녀석이 있었다. 바로 우리 어머니였다.

"꽃구경?! 그래, 가자! 꽃구경! 저기, 여보! 들었어? 이번 주말에 가지 않을래? 가자, 응?! 애들이 가고 싶어 하잖아!"

그 직후에는 지옥처럼 끔찍한 '부모 동반 꽃구경' 감행이 결정되고 말았다. 제발 이러지 마세요.

하지만 이미 부모 동반 지옥의 바비큐 이벤트도 경험한 바였다.

아오이를 봤더니 그 녀석은 쓴웃음을 짓고 있었다.

집 근처에 있는 일급 하천의 가장자리에 있는 길은, 벚 나무 가로수들이 줄지어 있어서 매년 사람들이 꽃구경하는 곳이었다.

꽃구경을 핑계 삼아 술을 마시고 싶어 하는 부모님의 의지에 따라 우리의 꽃구경 장소는 바로 집 근처인 그곳으로 즉시 정해졌다.

일요일. 어머니는 아침부터 부엌에 있었다.

우리 집의 평소 도시락 메뉴에서는 밥이 압도적인 비중을 차지했는데, 어머니는 "아오이가 있으니까!"라고 하면서 샌드위치를 만들고 계셨다. 그 외에는 비엔나, 닭튀김, 감자 버터구이, 베이컨 치즈 말이 등, 거의 다 술안주나 마찬가지인 음식들이었다.

내 의지와는 상관없이 가족들이 다 함께 집에서 나와 강가로 가게 되었다.

"어머나, 정말 큰 벚나무네! 여기야! 여기서 놀자!"

어머니가 당장 적당한 장소를 정해서 하천 둔치의 잔디밭 위에 돗자리를 폈다.

나는 좀 더 안쪽의 외진 장소가 좋았다. 여기는 지나가는 사람한테 다 보이는 자리였다.

"우와, 유우, 표정 봐. 질색하는 표정이네."

봄에 어울리는 원피스를 입은 아오이가 조그맣게 말하더니 쿡쿡 웃었다.

아오이는 자기 부모님이 아니니까 별로 저항감이 심하진 않을 테지만, 이미 고등학생이 다 됐는데도 이렇게 가족끼리 동네 소풍을 나오는 이벤트에 참가하는 것은 상당히 정신적으로 괴로운 일이었다. 어떤 의미에서는 아오이와 단둘이 있는 장면보다도, 이 장면을 학교 친구들에게 들키는 것이 더 싫었다.

예전에는 쓸데없이 긴장하게 되는 원인이 하나 더 늘어나는 것 같아서 싫었지만, 지금은 나 혼자만이 아니라 아오이도 여기에 있어서 잘됐다는 생각이 드는 것이 그나마 다행이었다.

"자, 여보. 시작하자. 건배—!"

자리에 앉자마자 느긋하게 맥주 캔을 기울이는 어머니.

그리고 말없이 마찬가지로 맥주를 마시는 아버지.

말로는 꽃구경이라고 하면서도 실은 벚꽃 따윈 보지도 않았다. 술을 마시러 왔다는 생각밖에 안 들었다.

"······그 사람은 옛날부터 그랬다니까. 진짜로 놀랍지 않아? 아니, 보통 건미역은······."

어머니는 끊임없이 맥주를 벌컥벌컥 마시면서 그동안 쭉 직장에 있는 재미있는 사람 이야기를 하고 있었다. 그런데 도중에 아마도 재미있는 부분에 다다랐을 때는, 자기가 이야기하면서 스스로 폭소를 터뜨리는 바람에 무슨 말을 하는지 잘 들리지 않았다. 그래서 뭐가 재미있는지 알수가 없었다. 이야기 자체도 횡설수설했다.

아버지는 이야기를 듣는지 안 듣는지조차 알 수 없는 태도로 말없이 우물우물 안주를 주워 먹으면서 맥주를 마시고 있었다. 그래도 이렇게 같이 와주신 것을 보면, 서로 잘맞지는 않아도 어쨌거나 사이는 꽤 좋은 부부였다.

이야기가 일단락됐을 때 어머니는 또 시원하게 맥주 캔을 따더니, 취해서 게슴츠레해진 눈으로 나와 아오이를 바라봤다.

"유우, 아오이. 너희도 이렇게 보면 진~짜로……."

거기까지 말하고 맥주를 꿀꺽 마셨다. 그 시선이 이리저리 방황했다.

"진~짜로 많이 컸네. 응! 맞아, 잘 어울려! 이렇게 잘 어울리는 한 쌍은 흔치 않을 거야~."

'많이 컸네'와 '잘 어울린다' 사이에 인과 관계가 전혀 없었다. 평범한 술주정뱅이의 잠꼬대였다.

그 후에도 어머니는 술기운을 빌려 내가 어릴 때 얼마나 귀여웠는지 떠들어대면서, 내가 기억하지도 못하는 시절의 얼빠진 에피소드를 속사포같이 빠르게 쏟아냈다.

미국 영화라면 슬슬 "그 수다스러운 입에 긴 깡통을 처넣기 전에 그만 입 다물어"라는 대사가 나올 만한 타이밍이었다.

일단 상대는 어머니이기 때문에 맥주 캔은 쑤셔 넣으면 안 될 테지만, 그래도 샌드위치라도 쑤셔 넣어서 입을 다물게 할 수는 없을까. 진지하게 그런 생각을 했다.

하지만 그것조차 여의치 않은 것이 현재 상황이었다. 나는 내가 직접 이 기묘한 공간에서 탈출하기로 마음먹었다.

"아, 맞다. 저쪽에 푸드 트럭이 와 있었는데. 잠깐 가서 보고 올게."

"뭐? 나도 보고 싶어."

웃으면서 어머니의 이야기를 듣고 있던 아오이가 이쪽을 보면서 반응했다.

"가자."

기회는 이때다! 하고 아오이의 팔을 잡아끌었다. 우리 부모님이 술을 마시고 있는 돗자리에서 몸을 일으켰다.

우리가 떠날 때도 어머니는 "어머나 뭐야, 알았어, 그럼 여기서부터는 젊은이들 둘이서 한번 잘해봐……!"란 식으로 시시할 뿐만 아니라 짜증 나는 한마디를 던지셨다. 아, 화가 난다.

어머니가 만들어낸 기묘한 공간에서 빠져나오자 눈앞에는 기분 좋은 봄날의 세상이 펼쳐져 있었다.

벚꽃잎이 햇빛 아래에서 팔랑팔랑 춤을 추며 떨어지다가, 햇살 가득한 아스팔트 위에 소복이 쌓이고 있었다.

벚나무 가로수들이 일정한 간격으로 길게 늘어서 있는 저 안쪽의 길가에는 푸드 트럭들이 군데군데 자리 잡고 있었다.

"아오이, 저쪽에서 맛있는 고기 냄새가 난다."

"어? 난 모르겠는데……."

"이건 소시지 굽는 냄새야."

"내 코가 막힌 건가……?"

아오이가 코를 킁킁거리면서 내 옆구리 쪽의 냄새를 맡기 시작했다.

"나 말고! 소시지라니까!"

"아니, 내 코가 막혔는지 확인을 해보려고……."

"그거 말고도 확인할 방법은 얼마든지 있잖아?!"

아오이가 눈을 감고 다시 진지하게 킁킁거리면서 공기를 들이마셨다.

"아, 왠지 알 것 같아……."

소시지 냄새가 나는 방향으로 걸어갔다. 그랬더니 그 외에도 다른 가게들이 드문드문 자리 잡고 있었다.

소고기 꼬치구이. 케밥. 생맥주. 돼지고기 덮밥. 회오리 감자. 여름 축제 날 밤의 포장마차들과 유사하면서도 아주 약간 분위기가 다른 라인업의 가게들이었다.

벚꽃잎은 우리가 걷는 동안에도 나와 아오이의 머리 위로 조금씩 계속 떨어지고 있었다.

"유우, 저기 아니야?"

아오이가 맛있는 냄새의 근원으로 추정되는 프랑크푸르트 소시지 가게를 발견했다.

이왕 노력해서 찾아냈으니까. 거기서 나와 아오이는 소시지를 하나씩 샀다.

근처에 있는 벤치에 앉아서 그것을 먹고 있는데, 갑자기 아오이가 "어? 저거 봐"라고 하면서 먹고 있던 소시지로

도로 건너편을 슬쩍 가리켰다.

그곳에는 아카호리가 같은 반 친구인 요시다 마나카와 단둘이 있었다.

사정은 잘 모르겠지만, 요시다가 자꾸 고개를 숙이면서 부끄러운지 꼬물거리고 있었고, 팔짱을 낀 아카호리가 이에 맞서는 듯한 자세로 서 있었다.

요시다는 키가 큰 미인이었다. 아카호리와 같이 있으니 키 차이가 적당히 나서, 벚나무 아래 있는 두 사람은 마치 순정만화의 한 장면처럼 보였다. 한눈에 청춘 남녀의 만남이란 것을 알 수 있었다.

"그러고 보니 저 녀석…… 인기가 있었나?"

"아, 맞다. 그랬지."

아오이도 문득 생각난 것처럼 동의했다. 유타가 있을 때의 아카호리의 모습이 너무나 한심하고 웃겨서 가끔 그 사실을 잊어버리곤 했다.

"앗, 스쿠네……! 저기, 나 갈게, 안녕!"

나의 존재를 눈치챈 아카호리가 힘차게 큰 소리로 말하더니 이쪽으로 뛰어왔다.

평소에는 모든 여자를 상대로 친절하고도 요령 좋게 행동하는 남자인데, 오늘은 웬일로 당황하여 도망치는 듯한 표정이었다.

"둘이 같이 온 거 아니었어?"

"그럴 리가 있겠냐. 쟤한테 붙잡힌 거야. 살았다~. 너희 가족의 꽃구경에 나도 끼워줘."

"응, 좋아. 네가 오면 어머니가 기뻐하실 테니까. 상대 좀 해드려."

아카호리가 걸으면서 사건 경위를 설명해줬다.

"내가 아까 아르바이트하고 퇴근하려고 나왔는데, 요시다가 가게 앞에 있더라고. 그때부터 쭉 따라와서…… 아직 우리 집은 모르는 것 같았으니까, 적당히 잡담하다가 중간에 따돌리려고 했는데…… 어느새 이런 곳까지 오게 되어서……."

그러고 보니 아카호리는 자기 동네의 역 앞에 있는 카페에서 아르바이트를 하고 있었다.

"네가 아르바이트하는 가게는 여기서 멀잖아……? 꽤 많이 걸었겠네……."

인기 있는 남자도 고생이 많구나. 아니, 하지만 아카호리는 여자를 대하는 능력이 상당히 좋은 편인데, 이렇게까지 애를 먹은 것도 신기했다.

"시간을 많이 들여서 정중하게 거절했으니까 아마 괜찮다고 생각하는데……. 어휴, 엄청나게 무섭더라──요시다."

"무섭다니? 왜?"

"뭔가 좀, 습도가 비정상적으로 높았거든……."

"아하……."

하기야 멀리서 보기만 해도, 요시다의 끈적끈적하고 강한 열기가 전해져오는 느낌이었다. 뭔가 굉장히 간절하다고 해야 하나.

한편 아카호리가 유타를 좋아하게 된 이유를 어쩐지 알 것 같았다.

유타는 언뜻 보기에는 얌전한데, 실제로는 뚝심 있고 습도가 낮은 편이었다. 다소 건조하다고 느껴질 정도였다.

유타는 친구는 몇 명 있지만 얼마든지 단독행동도 했고, 이야기하고 싶다고 느낄 때는 아오이와도 이야기를 했다. 자기 취향이나 의견은 남의 눈치를 보지 않고 자주적으로 결정하는, 심지가 강한 타입이었다.

"유타가 보고 싶어……."

아카호리도 유타 생각이 났나 보다. 이미 차였는데도 여전히 순정적으로 그런 말을 중얼거렸다.

"저기, 아카호리. 이것 좀 봐."

웬일로 아오이가 아카호리에게 말을 걸었다. 그리고 자기 스마트폰 화면을 보여줬다.

"어, 이게 뭐야?! 이게 뭐야, 너무 귀엽잖아! 츠키시로, 이거 제발 나한테도 주세요!"

나도 슬쩍 들여다봤다. 그것은 케이크 앞에서 손가락으로 브이 자를 만들고 있는 사복 차림의 유타 사진이었다.

아카호리는 몹시 흥분하여 난리를 쳤다.

"이것은 SSR⋯⋯! 갖고 싶어⋯⋯ 갖고 싶어, 갖고 싶어. 츠키시로, 저기, 이건 얼마나 과금을 하면 받을 수 있는 거야?"

"⋯⋯내 마음대로 남한테 보내주면 사쿠라가 싫어할 테니까. 안 돼."

"그럼 지금 여기서 딱 10초만 보여줘!"

아카호리는 그렇게 부탁해서 아오이의 스마트폰을 받더니, 기가 막히게도 그 스마트폰 화면을 자기 스마트폰으로 찍는다는 만행을 저질렀다.

"우와⋯⋯."

좀 질리긴 했지만, 평소와 같은 아카호리의 모습을 보고 안심했다.

"아카호리는 사쿠라를 중학교 때부터 쫓아다녔던 거야?"

"아니, 그런 것은 아니야. 중3 때까지는 거의 이야기를 해본 적도 없었어. 중3 때 처음으로 짝꿍이 돼서 그 애의 노트가 보였는데, 그게 무지무지 보기 쉽고 정리가 잘되어 있어서⋯⋯."

"야, 너 설마, 겨우 그런 것 때문에⋯⋯?"

"아니, 노트만 보고 좋아하게 된 것은 아니야. 그걸 보고 관심이 생겨서 말을 걸기 시작한 거지⋯⋯. 그런데 원래 누군가를 좋아하게 되는 계기는, 다 그런 거 아냐?"

아카호리의 집착적인 모습을 보고, 뭔가 훨씬 더 강력한

계기나 드라마 같은 사연이 있을 거라고 내 멋대로 생각했었다. 하지만 실제로는 전혀 특별한 것이 없어서 김새는 느낌이었다.

그런 나의 허탈함을 눈치챘는지 아카호리는 변명하는 말투로 설명을 덧붙였다.

"아니, 난 원래…… 아는 사람의 손 글씨란 것을 좀 싫어했거든."

"뭐? 그런 것을 싫어하는 사람도 있어?"

"어—…… 그게, 뭐라고 설명하면 좋을까. 예를 들어 평소에 과묵한 사람이 빽빽하게 손으로 적어놓은 자기 속마음 같은 것이 어쩌다 우연히 눈에 띄기라도 하면, 불시에 사람의 내장을 보게 된 것처럼 소름이 쫙 돋거든."

"혹시 엄청난 열량과 높은 습도가 느껴지는 손 글씨 러브레터라도 받았던 거야?"

"응, 뭐, 그런 적도 있긴 한데. 예를 들자면 메일이나 채팅의 인격이라든가, SNS에서 나오는 문장 속의 인격 같은 게 있잖아? 그런 것을 보고 '오, 이 녀석은 글자로 된 세계에서는 이런 녀석이구나—' 하고 인식하게 되는 거 말이야. 그런 것은 괜찮은데, 그게 손 글씨가 되면 지나치게 생생하게 느껴져서 거부감이 들어."

솔직히 나로선 잘 이해할 수 없었다. 다만 예전에 어머니가 깜빡하고 식당에 놔뒀던 좀 시적인 일기인지 뭔지를 무심코 펼쳐봤을 때는, 나도 소름 끼치는 기분을 느꼈었다.

눈에 들어온 글자 중에서 '그 후 몇 년이 흘러서 그 아이는 이제 다 자랐다……'는 대목을 봤을 때, 나는 위기감을 느끼고 즉시 일기장을 덮는 데 성공했다. 순수하게 '읽고 싶지 않다'라는 기분이었다. 어쩌면 그것과 비슷한 기분인 걸까.

아니, 옛날에 할아버지가 일기장을 보여주신 적이 있는데, 단정한 글씨로 논리 정연한 이야기 같은 내용이 적혀 있는 그것은 무척 매력적으로 보였다. 그러니까 이 점은 상당히 그 캐릭터와의 관계성에 의존하는 것이리라.

어쨌든 결국 아카호리가 하는 말은 그렇게까지 실감 나게 이해할 수는 없었다.

"유타의 노트는…… 자기가 보려고 적어놓은 코멘트 같은 것도 있었는데, 뭔가 좀 건강하고 솔직하고, 자연스럽게 바깥 세계를 향해 열려 있었어. 남에게 보여주기 위해 적은 것이 아닌데도, 누가 봐도 상관없다는 듯한 청렴함이 있었던 거야. 그래서 생각했지. 이 아이는 겉과 속이 똑같구나 하고."

"나는 왠지 알 것 같아."

묵묵히 듣고 있던 아오이가 불쑥 끼어들었다.

"어, 정말? 아오이, 너는 알겠어?"

"손 글씨가 어쩌고 하는 부분은 잘 모르겠는데, 사쿠라의 그런 점은 나도 좋아해."

"아, 뭐야. 그런 이야기였구나."

설마 저게 일반적인 감각인가 해서 좀 당황했었다. 그럴 리가 없지.

"중학교 시절에는 그래도 유타가 전혀 눈치채지 못했어. 내가 말을 걸 때마다 약간 싫어하는 표정을 짓긴 했지만."

"그런데도 용케 좌절하지 않았구나."

"유타는 싫어하면서도 내 질문에는 성실하고 예의 바르게 대답을 해줬으니까…… 착한 녀석이었어. 그래서 나는 오히려 사랑이 깊어졌지."

"와, 그것참 유타답다."

불편한 감정을 대놓고 얼굴에 드러내는 솔직함도, 또 그렇다고 해서 상대를 무시하지는 않는 성실함도 다 유타답다는 생각이 들었다.

"그러다 고등학교에 들어와서…… 같은 고등학교란 것은 알고 있었는데, 심지어 반까지 같았던 거야. 그래서, 그러니까……."

"과감한 전력투구를 해보려고 나를 이용했다, 이거지?"

"바로 그거야!"

"그걸 그렇게 자랑스럽게 말하기야……?"

아카호리는 걸음을 옮기면서 좀 전에 찍었던 스마트폰 사진을 히죽히죽 웃으며 들여다보고 있었다.

"그런데 포기를 안 하는구나. 넌 유타한테 집착하지만 않으면 여자 친구는 금방 사귈 수 있을 텐데."

"난 여자 친구는 필요 없어."

"흐음?"

"중학교 때 몇 번인가 여자 친구를 사귀어봤지만, 계속 신경만 써야 하고 전혀 즐겁지 않았거든…… 왠지 피곤하기도 하고. 그냥 여자한테는 단체로 호감을 사고 칭찬을 받는 것이 속 편하고 즐거워."

"야, 너…… 너무 솔직하다. 등에 칼 맞을 것 같은 솔직함이야……"

강자의 이론이라고 해야 하나. 인기인한테는 인기인 나름의 고충이 있을지도 모르지만, 아부카와 같은 녀석이 듣는다면 놀라서 뒤집어질 만한 의견이었다.

이야기하면서 걷다 보니 어느새 부모님이 계시는 꽃구경 자리까지 돌아왔다.

"앗, 유우, 어디 갔나 했더니. 미남을 데려왔구나……. 유능한 녀석~."

"안녕하세요. 아주머님, 오랜만이에요."

아카호리가 상쾌한 미소를 지으며 고개 숙여 인사했다. 이 녀석은 이런 부분에서는 정말로 흠잡을 데 없는 녀석이라 존경스러웠다. 누구한테 소개해줘도 알아서 잘할 것 같은 안심감이 느껴졌다.

"어머—, 아카호리…… 아오이와 나란히 있으니까 그야 말로 미남, 미녀라서…… 정말로 잘 어울리는구나~."

아까는 자기 아들이랑 잘 어울린다 뭐다 하고 말해놓고선 벌써 잊어버리셨나 보다.

어머니는 미남과 미녀를 안주 삼아 또다시 술을 마시기 시작했다.

체육대회

5월이 되어 체육대회 준비가 시작됐다.

방과 후 학생들은 각자의 역할을 정하게 되었다. 나는 '이인삼각'이라는 참 재미있어 보이는 경기를 선택해서 무난히 이 상황을 넘기기로 했다. 나는 운동을 못하는 편은 아니었지만, 체육대회는 근육이 우락부락하고 운동이 특기인 운동부 녀석들이 의욕적으로 참가하니까 굳이 내가 나설 기회는 없었다. 마찬가지로 연약한 내 친구들도 '미션 달리기'나 '큰 공 굴리기'처럼 편해 보이는 종목에 들어갔다.

그런데 막상 뚜껑을 열어보니 이인삼각은 남녀가 짝이 된다는 규칙이 있는 것 같았다. 너무 놀라서 식은땀이 났다. 어쩐지 좀 전에 아부카와가 적극적으로 입후보를 하더라니.

"이인삼각…… 여자, 한 명 더 없나요?"라는 질문에 아오이가 가볍게 손을 들었다.

칠판 앞에 있던 체육 위원 여학생이 조금 곤혹스러운 표정을 지었다.

"어? 그런데, 츠키시로…… 혼성 계주 경기에는 나와줄 거지?"

아오이는 만사 귀찮아하는 태도였지만 의외로 운동도 잘했다. 그래서 이미 많은 사람의 추천으로 체육대회의 꽃인 혼성 계주에 출전하는 것이 처음부터 정해져 있었다. 한 사람이 최소 한 종목에는 필수적으로 참가해야 하지만, 그 이상은 억지로 출전할 필요는 없다.

"둘 다 참가할 거야."

"다행이다. 고마워."

체육 위원 여학생이 안도한 듯한 소리를 냈다. 나도 속으로 휴 하고 안도의 한숨을 쉬었다. 아오이가 입후보해준 덕분에 이제 식은땀은 나지 않았다.

파트너는 각자 이야기해서 정하기로 했다. 그래서 나는 쉬는 시간이 되자 아오이의 자리로 다가갔다.

"어휴, 당황했네……. 잘됐다. 아오이. 같이 하자."

아오이는 턱을 괸 채 이쪽을 보더니 미소를 지으며 "물론이지"라고 대답했다.

다행이다. 다른 여자와 한 팀이 된다는 것은 생각만 해도 두통이 날 것 같았으니까.

그날 밤 저녁 식사 시간에는 어머니가 체육대회에 관해 꼬치꼬치 물어보셨다. 너무나 귀찮았다.

"어—, 너희 둘이서 이인삼각을 한다고? 멋지구나! 제대로 연습해야겠네! 너희 둘은 같이 살고 있으니까 그만큼 유리하겠구나~. 과외 활동으로 연습할 수 있으니까."

"그런 것을 굳이 연습까지 할 필요는 없잖아……."

실제로 학교의 연습 시간에도 반 전체가 심혈을 기울이고 있는 계주 연습에 많은 시간이 배정되었고, 아오이는 그쪽 연습에 참가하느라 바빴으므로 이인삼각은 간단한 설명과 다리 묶는 방식만 배웠을 뿐이다. 연습 시간은 거의 없었다.

"어머나! 유우, 마침 네 생일이 그때쯤이잖아. 만약에 너희 둘이서 1등을 한다면 상으로 선물을 사줄게! 유우, 너는 네 방에 놔두는 전용 프로…… 프로세서를 가지고 싶다고 했었지, 안 그래?"

"프로젝터야! 처리기를 사서 뭘 어쩌라고?! 아니, 잠깐만. 진짜로 사줄 거야?!"

여름방학 때 아르바이트를 해서 사려고 했는데. 이것은 좋은 기회이다. 부모님이 사주신다면, 아르바이트로 번 돈은 모조리 스피커에 투자해서 업그레이드를 노릴 수도 있다.

그런데 그 금액을 들은 어머니는 갑자기 소극적으로 변했다.

"어? 뭐야~ 그렇게 비싸? 그건 우리 집 생일 선물의 금액이 아니니까, 만에 하나 경기에서 이겼을 때의 이야기이고! 못 이기면 케이크만 사주고 끝이야, 알았지?!"

"이기면 되는 거네. 알았어!"

달그락달그락 소리를 내면서 황급히 밥그릇에 있는 밥을 먹어치웠다.

그리고 보리차를 벌컥벌컥 단숨에 다 마셔버리고 말했다.

"좋아, 아오이, 연습하자!"

"갑자기 의욕이 생겼네……?"

쓴웃음을 짓긴 했지만, 아오이도 식사를 마치고 나와 함께 집 밖으로 나와줬다.

우리는 조금 걸어가서 하천 둔치의 사람이 별로 없는 구역에 도착했다.

이따금 개를 산책시키는 사람이 지나가긴 하지만, 넓은 곳이라서 연습은 충분히 할 수 있었다. 우리는 들고 온 수건으로 서로의 발목을 꽉 묶었다. 그 상태에서 벌써 비틀거리면서 몸을 일으켰다.

"좋아. 그럼 하나, 둘, 셋 하고 이쪽 발부터 가는 거야."

"응."

저벅. 한 발 내디뎠다. 그리고 두 발, 세 발.

그러나 생각보다 리드미컬하게 전진하지는 못했다. 우리는 겨우 몇 걸음 뗐다가 비틀거리면서 털썩 하고 넘어졌다.

"이거 생각보다 어렵네……."

그러자 자기 머리를 매만지던 아오이가 나를 째려보는 것처럼 눈을 가늘게 뜨고 말했다.

"난 원인을 알 것 같아……."

"어, 정말? 뭔데?"

"유우, 네가 좀 더 나한테 착 달라붙어야 해. 안 그러면 뛰기가 너무 어려워."

"아—…… 너무 착 달라붙으면, 너한테 미안하잖아."

"뭐가 미안해? 경기인데 괜찮아. ……일어나."

정확한 지적을 받은 나는 아까보다 좀 더 가까이 어깨를 붙여봤다.

"더."

"응."

"어깨를 꽉 끌어안아."

"으, 응……. 너무 가깝지 않아?"

"안 돼. 좀 더 가까이 붙어봐. 수줍어하지 말고."

"아니, 이건 엄밀히 따지자면 수줍어하는 게 아닌데……."

아오이의 어깨는 가냘프고 연약했다. 아오이가 시키는 대로 가까이 당기면서 안았더니 은은한 샴푸 냄새 같은 것이 났다. 부드럽고 무른 감촉이 느껴졌다. 안절부절못하게 되었다.

"우와…… 저기, 좀 떨어지는 편이…….”

"안 돼……. 프로젝터…….”

"……좋아! 딱 붙어보자!”

"자, 그럼 간다. 하나, 둘, 셋.”

시키는 대로 몸을 밀착시켰더니, 아까보다 훨씬 더 호흡이 맞는 듯한 느낌으로 전진할 수 있었다. 마치 바람 같았다.

"와, 굉장한데……?”

이 정도면 성공할지도 모른다.

"좋아, 아오이. 이번에는 좀 더 몸을 밀착시키자.”

"뭐……?”

"스피드의 한계를 초월하는 거야……. 그 너머에 프로젝터가 있어.”

"유우…… 너, 눈빛이 변했어.”

"아오이도 큰 화면으로 공포 영화를 보고 싶지 않아?”

"아니, 그건 너무 무서워서 보고 싶지 않은데…….”

"같이 보자.”

"뭐……? 네 방에서……?”

"응.”

"…………꼭 이기자.”

나와 아오이는 일치단결했다.

*   *

체육대회 당일은 구름 한 점 없이 쾌청한 날씨였다.

의자만 들고 운동장으로 줄줄이 나와 지루한 개회식에 참가했고, 그 후 경기가 시작됐다.

이인삼각은 꽤 빨리 시작하는 종목이었다. 나와 아오이는 무사히 1등을 해서 프로젝터를 획득하는 데 성공했다. 나의 체육대회는 끝났다. 멋진 체육대회였다.

나머지 종목은 처음에는 자리에 앉아 관전했지만, 점심을 먹은 다음에는 완전히 늘어져서 저 뒤쪽의 나무 그늘에서 친구들과 함께 빈둥빈둥 놀았다.

"프로젝터야, 프로젝터……."

"큰 화면으로 야한 영상을 보는 거야?"

"애니메이션을 봐라. 크기는? 화질은?"

아부카와와 야부사메가 개인적인 취향을 곁들여서 각자 자기가 하고 싶은 질문을 나에게 던져댔다.

그때 밀가루 속 사탕 먹기 경기를 끝낸 오이카와가 새하얘진 얼굴로 "이거 상당히 맛있네요!" 하고 밀가루를 뿜으면서 돌아왔다. 우리는 다 함께 웃음을 터뜨렸다.

"아오이, 힘내요!"

뒤에서 유타의 목소리가 들려왔다. 나는 뒤를 돌아봤다.

아오이가 계주 때문에 이동하려고 하는 중이었다. 내가 쳐다보는 것을 눈치챈 아오이는 태연한 얼굴로 살짝 손을 흔들더니 이동했다.

전체적으로 경기 대부분은 가볍게 진행됐는데, 이 대회의 꽃인 계주는 예외적으로 모두 진지하게 승패에 신경 쓰면서 서로 경쟁하는 분위기가 있었다. 실제로 점수도 비정상적으로 높아서 반 전체 순위에도 큰 영향을 끼치는 종목이었다.

"유타, 나도 계주에 나가는데……."

그런 목소리가 들려서 그쪽을 봤다. 아카호리가 유타 앞에 와 있었다. 유타가 약간 뒤로 물러났다.

유타는 같은 반 친구들 앞에서는 한층 더 아카호리가 자신에게 접근하는 것을 꺼리는 눈치였다.

"……그, 그래요."

나는 유타의 뒤에 다가가 아카호리를 위해 지원사격을 해줬다.

"유타, 우리 반의 승리를 위해 응원의 말 한마디라도 해줘."

내가 조그맣게 말하자 유타는 한순간 주춤하는 얼굴로 나를 쏘아봤지만, 이내 앞에서 힘없이 고개를 숙이고 있는 강아지 같은 아카호리에게 다시 시선을 돌렸다.

"······힘내서 잘하세요!"

다소 자포자기한 것처럼 기세 좋게 응원을 해줬는데, 그 순간 아카호리의 눈이 반짝 빛났다. 이 정도면 우리가 이길 수 있을지도 모른다.

"나 계주 좀 구경하고 올게."

"응─, 갔다 와─."

반 순위에는 전혀 관심이 없는 저 뒤쪽의 게으름뱅이 그룹한테 인사한 뒤, 나는 결승선 근처로 이동했다.

그곳에는 이미 구경을 온 학생들이 모여 있었다.

혼성 계주 순서는 여자, 남자, 여자, 남자 순이었다.

우리 반은 미후네 치카, 바바 카이토, 츠키시로 아오이, 아카호리 케이스케 순이었다. 특히 야구부인 바바는 전교생 중에서도 두드러질 정도로 발이 빠르기에, 순서를 정할 때 이래저래 실컷 고민하다가 결국 두 번째 주자가 되었다.

"제자리에······."

적당한 긴장감 속에서 푸른 하늘을 향해 총소리가 울려 퍼졌다. 주자들이 앞으로 달려 나갔다.

농구부 소속인 미후네 치카는 멋지게 스타트를 끊고 빠르게 달렸다. 보기만 해도 안심이 되는 달리기였다.

이미 선두를 차지해서 2등과 꽤 많은 거리를 벌려놓고 바바에게 배턴을 넘겨줬다. 벌써 압승 분위기였다.

바바도 빨랐다. 거침없이 2등과의 거리를 벌려 나갔다.

그런데 그 도중에 예쁘고 가슴도 큰 마츠모토 선생님이 있었다. 선생님은 옆에 있는 교직원과 이야기를 나누다가 "생각보다 날이 덥네~"라고 하면서 천천히 윗옷을 벗기 시작했다.

주위의 남학생들도 입을 다물고 슬그머니 그쪽으로 시선을 돌렸다.

당연히 다 벗어버리는 것은 아니었지만, 긴팔 트레이닝복을 머리 위로 훌렁 벗어서 얇은 티셔츠가 드러나는 순간에 그 커다란 가슴이 출렁거렸다.

그때 달리고 있던 바바가 힐끔 그쪽을 봤다. 화들짝 놀라 두 번이나 다시 봤다. 그러다가 균형을 잃고 앞으로 고꾸라졌다.

"바보!"

"멍청아!"

여자들이 야유를 퍼부었다. 야유하는 것도 어쩔 수 없지만, 넘어진 것도 어쩔 수 없었다. 저것은 흉악한 함정이었다. 자기 반 학생들을 응원하려고 일부러 저런 짓을 했을 가능성도 있었다.

바바는 곧바로 자세를 회복했지만, 그가 다시 달리기 시작했을 때는 이미 두 명한테 추월을 당한 상태였다.

아오이에게 배턴이 넘어갔다.

그 진지한 얼굴은 평소의 권태로운 모습과는 완전히 딴

판이었다. 유연하고 빨랐다.

평소에는 거의 보여주지 않는 진지한 아오이의 표정. 많은 사람들이 넋을 놓고 바라보는 것 같았다.

아오이는 앞에 있는 두 사람을 순식간에 추월하고 또다시 선두에 나서서 아카호리에게 배턴을 넘겨줬다.

아오이는 다 뛰고 나서 헉헉 숨을 고르더니 두리번두리번 고개를 돌려 이쪽을 봤다. 그리고 흥분해서 붉어진 얼굴로 헤헤 하고 부드럽게 웃었다.

그 얼굴에 주변 사람들이 놀라서 숨을 꿀꺽 삼키는 것이 느껴졌다.

"츠, 츠키시로…… 지금, 나를 보고 생긋 웃었어!"

"아냐, 나를 보고 웃은 거야!"

"그게 말이 되냐?! 나야!"

이게 무슨 아이돌 콘서트인가…….

잠깐 주의가 산만해졌다. 나는 다시 계주 경기로 시선을 돌렸다. 마침 마지막 주자인 아카호리가 화려하게 1등으로 골인을 하고 있었다.

경기가 끝나자 아오이가 흐트러진 머리카락에 신경 쓰면서 자리로 돌아왔다.

지나가는 길에 수많은 학급 친구들한테서 "고생했어" "츠키시로, 진짜 멋있었어" 같은 말을 들었지만, 본인은 태연한 얼굴로 힐끔 그쪽에 눈길만 줬을 뿐이다.

"유우, 잠깐 이리 와봐."

"응? 응."

아오이가 나를 나무 그늘로 끌고 갔다. 펜스에 등을 대고 앉은 아오이는 쑥스러워하는 얼굴로 나에게 물어봤다.

"유우, 봤어?"

"응."

"헤헤…… 나 열심히 했는데. 어때, 잘했어?"

"잘했어."

아오이는 나를 보고 은근히 자랑스러워하는 표정을 지었다. 그리고 또 활짝 웃었다.

프로젝터

체육대회의 이인삼각 경기에서 멋지게 1등을 차지한 나는 부모님에게 군자금을 받아냈다.

그래서 일요일에는 프로젝터를 보러 아키하바라에 가기로 했다.

처음에는 혼자 갈 예정이었다. 그러나 부모님과 이야기를 하는데 옆에서 듣고 있던 아오이가 자기도 심심하니까 같이 가주겠다고 했다.

사실 나는 이미 인터넷을 통해 어떤 상품을 살지는 대충 정해놨으므로, 그때는 그냥 가볍게 실물도 보고 시세도 확

인하러 가는 것에 불과했다. 비교적 가벼운 마음으로 외출하려고 했었다.

그런데 현관 앞에서 아오이와 함께 신발을 신고 있는데 아버지가 나를 불러 세우셨다.

아버지는 내 어깨에 양손을 올려놓고 심각한 얼굴로 말씀하셨다.

"유우, 전시품 한정 특가 상품 같은 것이 있으면…… 놓치지 마라. 내일이 되면…… 아니, 어쩌면 몇 시간 후에는 이미 사라져서 두 번 다시 입수하지 못하게 될지도 모르니까……."

설마 본인이 그런 일을 경험해본 걸까. 평소에는 과묵한 아버지가 힘주어 그런 의견을 내놓으면서 우리를 보내주셨다.

"난 아키하바라에는 가본 적이 없어."

"어? 그러고 보니 나도 처음인가……."

이번에는 아버지의 권유를 받아서 가게 되었는데, 사실 아키하바라뿐만 아니라 평소 생활권 바깥에 있는 지역에는 특별한 일이 없으면 굳이 가지도 않았다. 아직 가본 적이 없는 지역이 의외로 많았다.

오늘 아오이는 아랫단이 넓은 흰색 반팔 티셔츠를 입고, 밑에는 몸에 착 달라붙는 검은색 바지를 입고 있었다. 그리고 머리에는 검은색 야구 모자를 썼다. 심플하고 좀 보이시한 스타일이었다. 그런 패션도 잘 어울렸다. 아니, 실은 안 어울리는 패션이 거의 없었다.

역에 도착한 우리는 미리 조사해둔 가게로 향했다.

아키하바라는 건물 자체는 신주쿠나 그 외 도심부의 커다란 번화가와 별로 다르지 않았지만, 조금 안으로 들어가면 벽 전체에 거대한 애니메이션 일러스트 광고가 붙어 있기도 했다. 자세히 보면 자연스럽게 카드 게임 판매점 같은 것이 있기도 했다. 그 외에는 메이드복을 입고 호객을 하는 사람들도 곳곳에 있었다.

목표로 했던 가게에 도착하자마자 얼른 점원을 붙잡았다. 그 가게의 점원은 친절해 보이는 형님이었다. 그는 나의 예산, 방 크기, 상품의 투사 거리, 원하는 것은 외부 출력이 가능한 타입인지, 기타 등등을 자세히 물어보더니 설명을 해주고 또 직접 영상도 시청하게 해줬다. 실은 꽤 적당히 대충 생각을 하고 있었으므로, 프로젝터를 잘 아는 사람에게 자세히 설명을 들어서 다행이다 싶었다.

옆에서 같이 설명을 듣고 영상도 시청한 아오이가 내 얼굴을 들여다보면서 웃었다.

"유우, 엄청 진지해보여……."

"실수로 엉뚱한 물건을 사서 제대로 쓰지도 못한다면…… 금액만 따져 봐도 그건 심각한 문제잖아……?"

사고 싶은 물건이 정확히 어떤 것인지 이제는 알 것 같았다.

내 예산으로는 본격적이고 어마어마하게 비싼 100만 급의 상품은 처음부터 논외였는데, 실은 10만 급의 상품도 감당하기 어려웠다. 5만 급의 상품이 타당할 것이다.

상품 앞에서 나는 속으로 끙끙거리면서 그것을 살펴보고 있었다.

"우와!"

나도 모르게 소리를 냈다. 예산보다 한 등급 위인 상품이 '전시품 한정 초특가'로 가격이 저렴해진 것이었다.

외출할 때 들었던 아버지의 말씀이 떠올랐다.

"······전시품 한정 특가 상품 같은 것이 있으면 놓치지 말라고 하셨지."

붙어 있는 가격표를 다시 한번 눈으로 훑어봤다. 상당히 저렴해진 가격이었다.

하지만 부모님께 받은 돈은 그보다 아주 약간 부족했다. 바로 얼마 전에 저금해둔 돈을 찾아서 스크린을 샀기 때문에 더 이상 돈이 없었다.

"유우, 왜 그래?"

"이거. 살 수 있을까? 하고 생각했는데, 안 되겠어. 돈이 좀 모자라······."

"그래······?"

좌절하여 가게 밖으로 나왔다.

인연이 아니었던 거다. 깔끔하게 포기하고, 처음 예정대로 인터넷에서 골라둔 상품을 사자.

나는 어깨를 축 늘어뜨렸다. 그 모습을 본 아오이는 내 머리를 살살 쓰다듬어줬다.

"나도 하필이면 오늘은 카드를 안 가져와서……. 가지고 왔으면 좋았을 텐데."

"아냐, 됐어. 어차피 이건 내 물건인데…… 그거 말고도 틀림없이 좋은 상품이 있을 거야……. 있겠지……?"

"유우…… 너 시든 채소 같아……."

"갠차나……. 난 멀쩡해……."

아까 그 상품을 놓아둔 내 방의 모습이 불쑥불쑥 내 머릿속에 떠오르는 것만 제외하면 멀쩡했다. 혹시 어딘가에 1만 엔쯤 되는 돈이 떨어져 있지는 않을까. 바람에 실려 날아오지는 않을까. 그런 생각을 하면서 주위를 두리번두리번 둘러볼 정도로는 기운이 있었다.

다른 가게도 한번 들러봤지만, 맨 처음 가게에서 봤던 '전시품 한정 특가 상품'보다 더 좋아 보이는 것은 없었다. 더구나 두 번째 가게에서는 점원도 우리를 고등학생이란 이유만으로 얕잡아보는 것처럼 건성으로 대했다. 그래서 나는 한층 더 기운이 빠졌다.

"대충 알았으니까…… 이제 집에 돌아갈까."

"유우, 목소리에 힘이 없어."

"그으—런가—……?"

가게에서 나와 몇 미터쯤 이동했을 때, 메이드복을 입은 여성이 호객을 하는 것이 보였다.

그 여성은 높은 목소리로 "안녕하세요. ……입니다—!"라고 말했는데, 그 가게 이름으로 추정되는 부분은 잘 들리지 않았다. 무심코 눈이 마주치지 않도록 조심하면서 길 가장자리로 피해서, 멀리 떨어진 통로를 따라 터덜터덜 걸어갔다.

그런데 엄청 큰 목소리가 우리를 불렀다.

"앗—! 이봐요, 거기 당신들은! 스쿠네와 츠키시로가 아닙니까?!"

그쪽을 돌아봤더니, 안경을 쓴 쇼트커트 머리의 메이드가 손을 획획 힘차게 흔들고 있었다.

굉장히 낯익은 얼굴이었다. 같은 반 학생인 타카기 쿠루미였다.

타카기는 1학년 때 나와 같은 도서 위원회에 속해 있었다. 그래서 드물게도 내가 단어가 아닌 문장으로 대화한 적이 있는 여자였다.

"뭐야, 타카기였어……? 이런 데서 뭐 해?"

나도 모르게 그 모습을 위에서부터 아래까지 쭉 훑어봤다.

하얀색 셔츠 위에 무릎까지 내려오는 검은색 원피스를 입었고. 그 위에는 프릴이 풍성하게 달린 흰색 앞치마를 걸치고 있었다. 메이드복이었다.

"보다시피 아르바이트 중입니다! 저기 있는 메이드 카페에서!"

"메이드 카페라고? 타카기, 너 그런 캐릭터였어?"

"그래…… 본디 내성적이었던 나는…… 용기를 내어 나 자신을 바꿔보기로 한 거야!"

"아니, 전에도 내성적인 성격은 아니었잖아."

"나는 수예부라고. 예쁜 의상을 만드는 것이 너무너무 좋아서……. 그리고 그런 옷을 만들다 보면, 직접 입어보고 싶어지는 것이 인지상정. 또 저기는 우리 사촌 언니가 하는 가게이기도 해서——."

"그, 그래?"

"우리 카페는 데이트 장소로도 딱 좋아! 자, 두 분. 부디 한번 들렀다 가시길!"

"싫어. 난 집에 갈 거야."

"여기 이 건물 4층이거든~. 우리 카페는 전혀 본격적인 메이드 카페가 아니라 편안한 분위기이고, 양심적인 가게이기도 해! 자, 살짝 한번 구경해봐."

타카기가 아르바이트를 하는 가게는 쓱 돌아보니까 정말로 코앞에 있었다.

"아니, 그렇게 비쌀 것 같은 카페에서 뭘 먹고 마실 돈은 없어."

"같은 반 친구한테 돈을 받을 수는 없지——. 지금은 마침 한가한 시간대니까, 그냥 가서 구경만 해봐, 구경만."

타카기가 내 팔을 확 잡아당겨 엘리베이터에 억지로 태우더니 가게 문을 열어줬다.

"돌아오신 것을 환영합니다, 주인님"이라는 목소리가 우리를 맞이해줬다.

이런 가게에는 한 번도 들어온 적이 없는데도, 만화나 애니메이션에서 너무 자주 사용되다 보니 어쩐지 질릴 정도로 들어본 듯한 착각이 드는 주문(呪文)이었다. 정말로 저런 말을 하는구나…….

작은 가게였다. 군데군데 예쁘게 꾸며져 있었지만 그다지 환상적인 분위기는 아니었다.

타카기는 얼른 카운터 안쪽의 문을 열고 그 안을 향해 말을 걸었다.

"미미 언니, 우리 반 친구를 포획해서…… 끌고 왔습니다——."

그러자 안쪽에서 한 여성이 나왔다. 20대 후반쯤 되어 보이는 성인 여성이었다. 메이드복은 입고 있는데, 길이가 긴 고전적인 타입이었다.

"아, 쿠루미의 친구구나……. 저는 점장인 타카기 미쿠

입니다아."

그 사람은 고개를 들고 우후후 하고 웃었다. 그런데 내 뒤에 있는 아오이를 본 순간, 돌연 표정이 진지해지더니 헉 하고 숨을 멈췄다.

"어? ……어?"라고 말하면서 이쪽으로 나와서 아오이 앞으로 다가왔다.

"예………… 예쁘다……."

"네, 이분은 우리 학교의 뮤즈, 츠키시로 아오이입니다!"

왠지 모르게 좀 자랑스러워하는 태도로 타카기가 소개 를 했다.

"아오이? 세상에, 너무 예쁜데? 저기, 우리 가게에서 아 르바이트하지 않을래?"

"못 해요."

아오이가 즉시 대꾸했다.

"저, 저기, 오늘 하루만이라도! 마침 오후부터 일손이 부 족해지는데! 제일 손님이 많은 시간대에만 잠깐 도와줘도 괜찮아~. 아르바이트비는 넉넉하게 줄게!"

이거 아무래도 빨리 돌아가지 않으면 귀찮은 일에 휘말 릴 것 같구나. 내가 그런 생각을 하고 있는데, 옆에서 아오 이가 조그맣게 중얼거렸다.

"아르바이트비……."

그리고 딱 한순간 내 얼굴을 보더니 힘차게 고개를 끄덕였다.

"어어?!"

"오늘 하루만 하면 되는 거죠?"

"아니, 아오이, 안 돼. 차라리 내가……."

"스쿠네. 유감스럽지만 너의 메이드복 차림을 원하는 사람은 없어……. 그래, 넌 설거지를 하는 게 어때?"

"아, 그럼 스쿠네? 너는 안쪽으로 들어가고. 쿠루미, 넌 이 아가씨의 옷을 갈아입혀줘~."

"Yes, sir—! Yes, yes—!"

놀라운 협동 플레이였다. 민첩하고 능수능란했다. 나는 어느새 처음 보는 가게의 주방에서 설거지를 하고 있었다.

어쩌다 일이 이렇게 됐을까…… 그런 생각을 하고 있는데, 타카기가 폴짝폴짝 뛰듯이 이쪽으로 다가왔다.

"후후후. 스쿠네, 이거 봐, 봐! 다 됐어!"

"다 되다니, 뭐가………………."

고개를 돌려보자 그곳에는 메이드복을 입은 아오이가 있었다.

당연히 타카기와 같은 디자인의 옷일 줄 알았는데, 아오이의 옷은 좀 달랐다.

검은색 원피스에 하늘하늘한 흰색 앞치마가 있는 것은 얼추 비슷했지만, 아오이가 입고 있는 옷은 가슴팍을 시원하게 드러낸 산뜻한 디자인이었다. 반팔 소매는 어깨 부분이 동그랗게 부풀어 있었고, 좀 짧은 스커트와 무릎 위까지 올라오는 긴 양말 사이로 허벅지가 살짝 노출되어 있었다.

"에헴. 이 옷은 내가 반년이나 걸려 제작한 겁니다."

"흐음, 굉장하네……."

평범하게 시판되는 옷처럼 보였다. 아니, 보통 시판되는 이런 종류의 옷은 좀 더 얄팍한 느낌이었던 것 같다. 이 옷은 그보다 압도적인 중후함을 지니고 있었다. 나는 순수하게 감탄했다.

"그런데 말이지──. 이건 초기 작품이라 그냥 내 느낌대로 프리사이즈로 제작해봤는데, 허리통을 너무 좁게 만들어서…… 그동안 쭉 가게에 보관되어 있었지만, 아르바이트생 중 누구도 제대로 입지 못했던 옷이거든……. 그런데 츠키시로는 허리는 편하게 쑥 들어갔는데 가슴은 다소 꽉 끼는, 무시무시한 몸매로 그런 옷을 멋지게 소화해버린 거야……. 어흑…… 인류는 불공평해!"

"스커트가 짧아서 좀 신경 쓰이는데……."

아오이가 혼잣말처럼 중얼거리더니 스커트를 어루만졌다.

호들갑스러운 동작으로 얼굴을 감싸고 있던 타카기가 돌연 아오이를 휙 돌아보더니 힘주어 말했다.

"그건 적당히 평범한 사람을 위한 옷이거든?! 스커트가 짧은 게 아니라, 츠키시로의 다리가 너무 긴 거야!"

하기야 평범한 사람이 저런 옷을 입었을 때의 '축제용 코스툽플레이' 같은 느낌은 전혀 들지 않았다.

인터넷 광고 같은 데서 어쩌다 눈에 띄는, 이름조차 모르는 메이드 캐릭터의 피규어를 연상시키는 분위기였다. 멀리서 보면 아름다운 인형처럼 보일지도 모른다.

"스쿠네에에! 이것은 누가 봐도 완벽한 여신! 여신 강림입니다!"

"타카기, 넌 가끔 오이카와랑 말투가 비슷해지는 것 같더라……."

"이카랑은 비슷하지 않습니다! 실례되는 말은 그만하세요!"

아오이는 타카기가 있어서 그런지 좀 언짢은 얼굴로 자기 머리카락을 매만졌다. 참고로 나로선 이름도 알 수 없는 하얗고 하늘하늘한 헤어밴드를 머리에 착용하고 있었다.

"츠키시로. 원래 우리 가게는 카레 전문점인데, 피가 되고 살이 되는 나의 조언으로 거기에 메이드 요소만 덧붙인 거거든. 상~당히 캐주얼한 분위기니까 걱정할 필요 없어!"

"……어휴."

"외워야 할 대사도 세 개밖에 없어! 손님이 오시면 '돌아오신 것을 환영합니다, 주인님'이라고 하면 돼. 손님이 나가실 때는 '잘 다녀오세요, 주인님'. 그리고 음식을 내놓을 때는…… '주인님과 함께 마법을 걸어볼게요'!"

나와 아오이는 동시에 "마법……?"이라고 되풀이했다.

"네, 그럼 가르쳐드리지요."

타카기는 제자리에서 빙글빙글 회전하더니 손가락으로 하트를 만들었다. 그리고 아무것도 없는 접시 쪽으로 하트를 가까이 가져갔다.

"맛있어져라~! 러브 파워, 주입! 뾰로롱~ 얍!"

"헉……."

타카기가 갑자기 멋진 표정을 지으면서 말했다.

"이게 한 세트야……. 자, 이해했어?"

"나 역시 집에 갈까……?"

"아냐, 괜찮아! 걱정하지 마! 일단 가보자고—! Let's 얍 얍—!"

아오이는 타카기에게 등 떠밀려서 가게로 나갔다. 괜찮은 걸까……?

그 후 몇 시간 동안 무슨 일이 있었는지 나는 모른다.

그저 내내 가게 안쪽에서 설거지만 했기 때문이다.

가끔 타카기가 와서 상황을 보고해줬다.

"어휴, 진짜~ 츠키시로는 냉정한 메이드라니까. 하지만 그 점이 매력이야! 그래서 인기가 있어!"

"그, 그래."

아까 점장이 말했던 바쁜 시간대에 접어들었는지, 돌연 설거지 양도 급격히 늘었다.

"츠키시로를 잠깐 밖으로 내보냈더니 손님들이 줄을 서서…… 얼른 다시 안으로 들어오게 했어요!"

"그, 그랬구나."

"스쿠네, 오늘 점심때부터 일하기로 했던 애가 지각해서 이제야 겨우 왔는데, 지금 우리 가게가 역대 최고 수준으로 바쁘니까 앞으로 한 시간 더 일해줄래?"

"네? 뭐라고요?"

실제로는 아마 네 시간쯤 일했을 것이다.

그래도 끝났을 때는 나는 물론이고 타카기도 기진맥진해버렸다. 아오이는 다시 사복으로 갈아입고 내 옆에 앉아 오렌지 주스를 마시고 있었다.

여자 점장이 이쪽으로 들어왔다.

"미미 언니, 우리 가게가 이렇게 손님이 많았어……?"

"에이, 괜찮아~. 아오이가 빠지니까 손님도 줄어들었거든."

웃는 얼굴로 말하더니 아오이를 똑바로 돌아봤다.

"고마워. 아오이. 다음에 내키면 또 와줘."

"두 번 다시 오지 않을 거라고 생각하지만, 네. 감사합니다."

"둘 다 고생했어. 자, 이건 아르바이트비야."

"가, 감사합니다."

가게에서 나왔다. 재빨리 길가에 딱 붙어서 자기 봉투의 내용물을 꺼내 확인해봤다. 아오이도 봉투를 열고 지폐를 살짝 꺼내서 보여줬다. 우리는 서로 얼굴을 마주 봤다.

"이…… 이거면 충분해."

"유우, 가자!"

"응!"

"빨리 가자."

"되도록 빨리 갚을게!"

아오이와 함께 종종걸음으로 맨 처음 그 가게로 돌아갔다.

그곳에는 내가 사고 싶어 했던 '전시품 한정 특가 상품'이 찬란하게 빛나듯이 자리 잡고 있었다.

내 방

그다음 주 일요일. 내가 주문했던 스크린이 내 방에 들어왔다.

슬슬 이런저런 장비들이 어느 정도 갖춰졌다. 그래서 아침부터 아버지의 도움도 받아, 침대나 책상 같은 것의 위치도 변경시키면서 한나절이 넘는 시간을 투자해 세팅을 완료했다.

생각보다 훨씬 더 고생했다. 그래서인지 저녁때 간신히 내 방 벽에 넓게 펼쳐진 스크린에 영상이 비춰졌을 때는 저절로 감동했다. 엄청나게 기뻤다.

단, 아직 중요한 스피커가 없었다. 실은 아직도 어떤 스피커를 살지 고르는 중이었다. 금액과 성능 중 무엇을 선택할까 하고 끊임없이 고민하는 상태였다.

어쨌든 내가 원하는 것들을 전부 다 모으는 것은 여름방학 아르바이트 이후에나 가능할 것이다.

저녁식사 후 아오이가 촬영 일을 마치고 돌아왔다.

"잘 다녀왔어? 저기, 내 방 준비가 끝났어."

"응, 잘 다녀왔고. 나도 보고 싶어, 볼래. 옷 갈아입고 갈게."

거실에서 차를 마시고 있는데, 아오이가 상당히 빠른 속도로 실내복으로 갈아입고 "빨리 가자" 하고 나를 부르러 왔다.

"유우의 방에 정식으로 들어가는 것은 처음이야."

"아, 그리고 보니 그러네."

아무리 한집에 있어도 개인의 방인 자기 방은 좀 특별했다. 각자 혼자가 될 수 있는 공간으로서 서로 존중하여, 가능한 한 그곳에는 발을 들여놓지 않았다. 이른바 자아에 가까운 개인의 영토라고나 할까.

아오이가 들어와서 두리번두리번 방 안을 둘러봤다.

"아, 저기 앉아서 영화를 보는 거구나?"

그러더니 아오이가 2인용 좌식 의자 한쪽에 슬쩍 앉았다. 스크린을 주문할 때 같이 주문했는데, 이쪽에까지 투자할 예산은 없어서 싸구려 의자를 샀다.

"책상과 침대가 아예 한구석으로 쫓겨났네."

"응, 저렇게 배치할 수밖에 없었어……."

그다지 넓지 않은 방의 공간을 홈시어터에 할애하는 바람에, 리뉴얼 전에는 주인공 포지션이었던 책상과 침대가 한쪽 구석으로 밀려나서 완전히 기를 못 펴게 되었다.

"이 좌식 의자를 1인용으로 샀으면, 공간 차지를 덜해서 방이 깔끔해지지 않았을까? 누워 있고 싶었던 거야?"

"그것도 있지만…… 아오이도 같이 볼 것 같아서."

"응……?"

아오이가 어리둥절한 표정을 짓더니, 갑자기 좌식 의자 등받이에 얼굴을 확 묻었다.

"우와, 왜? 왜 그래?"

"…………아니, 기뻐서…… 응, 기뻐."

아오이가 싱글벙글 웃으면서 그런 말을 했다. 그리고 또다시 좌식 의자의 등받이에 얼굴을 묻더니 비비적비비적 머리를 비볐다.

"아무튼 영화나 한번 보자."

"뭐? 저기, 그런데 아직 소리가 안 나오는 거 아냐?"

"스피커는 아직 없지만, 제2차 세계대전 전에 나온 무성 영화를 보기에는 딱 좋은 환경이잖아? 채플린과 버스터 키튼 중에서 뭐가 좋아?"

"잘 모르겠지만, 일단 이름은 들어본 채플린이 나을 것 같아……."

앉아서 영화를 재생했다. 아오이가 천진난만하게 "와, 진짜 켜졌다!"라든가 "화면이 너무 커!"라는 말을 하면서 기뻐했다. 그래서 나도 또 진심으로 행복해졌다.

문이 열려 있었으므로 지나가던 어머니가 우리를 보고 경악한 소리를 냈다.

"아니, 너희들은…… 왜 소리도 안 나는 흑백 영화를 가만히 보고 있는 거니……? 너희들 괜찮아?"

"이건 원래 소리가 없는 영화야."

"응? 어머, 요즘 시대에 그런 것을 보는 사람이 있구나……. 난 또 이상한 의식이라도 치르는 건가 했지. 어머나! 아니, 그래도 저 사람은 본 적이 있는데? 누구였지? 그, 그…… 아이참, 기억이 안 나네. 저기, 그 사람이잖아? 그 유명한…… 브루클린? 어쩌고 빈 씨? 아―, 답답해, 이름이 목구멍에서 나올 듯 말 듯한데……. 어휴, 세월이 원망스러워."

"아―, 진짜 시끄럽네. 우리 영화 보고 있다니까?!"

너무 시끄러워서 일시 정지를 해놓고 문을 탁! 하고 닫았다.

아오이 옆으로 돌아온 나는 영화를 다시 이어서 재생했다.

"소리가 없어도 스토리는 어느 정도 이해가 되네."

그러다가 이윽고 영화가 끝났다. 옆을 봤더니, 놀랍게도 아오이가 잠들어 있었다.

아오이는 오늘 일하러 나갔다 왔으니까 피곤한 걸지도 모른다. 게다가 무성 영화는 소리가 없으니까 졸음이 오는 것도 당연할지도 모른다.

하지만 문을 완전히 닫아둔 동급생 남자의 방에서 쿨쿨 잠을 자다니, 이건 꽤 놀라운 일이었다. 경계심 같은 것이 조금이라도 없는 걸까. 아니, 아마도 절친으로서 그만큼 나를 믿고 있다는 뜻이리라.

아오이는 몸을 둥글게 웅크리고 좌식 의자에 기댄 채 조용히 잠들어 있었다.

집에 돌아와 실내복으로 갈아입은 아오이. 그 옷은 목둘레가 푹 파여 있어서 가슴골이 살짝 보였다.

반바지에서 뻗어 나온 다리는 하얗고 길고 섹시했다. 긴 머리카락이 살짝 벌어진 입술 옆으로 한 가닥 내려와 있었다. 그런 모습이 무방비함을 괜히 더 강조해주고 있었다.

몇 초 동안 그 모습을 바라보고 있었다. 그런데 그게 내 눈에는 맹독이나 마찬가지여서, 침대 위에 있는 얇은 담요를 끌어다가 아오이 위에 덮어줬다.

그로부터 약 30분이 지났다. 나는 곤란해졌다.

안 일어난다.

아오이가 전혀 일어날 기미가 안 보였다.

오히려 의자 등받이에 기대어 있던 몸이 옆으로 쓰러져서 이제는 진짜 본격적으로 잠을 자는 자세가 되어 있었다.

깨우기는 미안했지만, 이대로 여기서 계속 자게 놔둘 수도 없었다. 문을 꽉 닫은 방 안에서 단둘이 아침까지 있었다가는, 어머니가 쓸데없는 의심을 해서 난리가 날 것이다.

그렇다고 아오이를 여기 놔두고 내가 아오이의 방에 가서 잘 수도 없었다.

그럼 역시 아오이를 깨우는 수밖에 없겠지.

"아오이…… 아오이, 일어나."

슬쩍 어깨를 잡고 흔들어봤다. 그러나 의외로 깊이 잠들었는지 아오이는 음냐음냐 하는 반응조차 하지 않았다. 여전히 조용하고 규칙적인 숨소리만 내고 있을 뿐이었다.

"아오이! 이봐요, 아오이 씨—!"

좀 더 세게 흔들어봤다.

"으응……? 유우……?"

한순간 눈을 가늘게 뜨고 이쪽을 쳐다본 아오이는 뭔가를 찾는 것처럼 양손을 앞으로 내밀어 이리저리 휘젓더니, 멋지게 내 목을 휘감았다.

"히익!"

부드럽고 힘없이 늘어지는 감촉의 체온이 말랑하게 나를 덮쳤다. 목덜미 부근에 촉촉한 입김도 느껴졌다. 따뜻했다.

위험하다.

이런 상태를 부모님한테 단 1초라도 목격당한다면 변명의 여지도 없을 것이다. 틀림없이 지옥의 가족회의가 열릴 거다. 억울하게 그런 짓을 당한다면, 나는 이제 이 집에서 나가는 수밖에 없으리라.

나는 마음을 굳게 먹었다. 당장 아오이를 자기 방으로 옮기기로 했다.

우선 숨을 크게 들이마셨다 뱉었다. 그리고 아오이의 무릎 뒤편에 한 손을 집어넣고 아오이를 들어 올려봤다.

일어날 때 다소 허리에 부담이 가긴 했지만, 다행히 그렇게까지 무겁진 않았다. 오히려 키만 보고 상상했던 것보다는 훨씬 가벼웠다. 이대로 1km쯤 걸어야 한다면 힘들겠지만, 옆방에 가는 것 정도는 얼마든지 할 수 있었다.

몇 걸음 전진했더니 아오이의 어깨에 걸쳐져 있던 긴 머리카락이 중력을 못 이기고 스르르 떨어졌다.

완전히 힘이 빠져 있는 여자를 옮기고 있으니까 내 마음속에서 이유 모를 죄책감이 어렴풋이 생겨났다. 양심에 찔리는 느낌이라고나 할까.

영차, 영차. 으라차차.

일부러 속으로 분위기 깨는 기합 소리를 내면서 옆방 앞까지 갔다. 참으로 운 좋게도 방문은 살짝 열려 있었다. 그래서 내가 통과할 수 있을 정도로만 발로 밀어서 문을 열었다.

방 안은 어두웠지만, 복도의 불빛도 약간 들어와서 침대 위치는 알 수 있었다.

저 위에 아오이를 내려놓고 즉시 떠난다. 이것이 현재 나에게 주어진 사명이다.

그런데 침대에만 신경을 쓰다가 그만 좌식 테이블의 다리에 발이 걸리고 말았다. 나는 한순간 비틀거렸다. 그대로 아오이와 함께 침대 위로 털썩 쓰러졌다.

충격 때문에 눈을 꽉 감았다 떴다. 그랬더니 1cm만 더 가면 딱 달라붙을 정도로 가까운 곳에 아오이의 얼굴이 있었다. 아오이는 눈을 뜨고 있었다.

"으응……? 유우? 여긴, 어디야?"

"……지구, 일본, 아오이의 방."

"그런데 유우가 왜 있어?"

다행인지 불행인지는 몰라도 아오이는 아직 잠에 취해 있는 듯했다. 이 틈에 빨리 내 방으로 돌아가자.

나는 황급히 일어나려고 했다. 그러다 손을 짚었는데, 거기서 물컹거리는 부드러운 감촉이 느껴졌다.

이것은 침대가 아니다…….

그 물체가 무엇인지 파악한 순간, 내 두피에서 폭포수처럼 땀이 솟구쳤다.

"으음…… 뭐 하는 거야?"

"미안, 미안해! 일부러 그런 거 아니야!"

그렇게 소리를 지르면서 허둥지둥 멀리 떨어지려다가 침대에서 굴러 떨어졌다. 쿵, 쿵. 내 머리와 다리가 바닥에 부딪치는 소리가 났다.

"왜 그래? 무슨 소리야?"

"아, 아니……! 아무 일도 없었어! 이 나라는 평화로우니까 넌 어서 잠이나 자!"

"어…… 정말? 같이 안 자?"

"안 자! 내가 어떻게 자?! 잘 자!"

이불을 아오이 위에 확 덮어준 다음에 쏜살같이 내 방으로 돌아왔다. 순간적으로 강한 스트레스를 받았기 때문에 나는 마치 달리기를 한 것처럼 헉헉 숨을 헐떡거리고 있었다.

그러다가 겨우 진정했을 때 나는 손바닥을 가만히 바라봤다.

저 녀석은 내 절친이다.

엄청나게 귀여워서 심장에 해로운 절친이다.

교외 수업

체육대회가 끝난 후에는 교외 수업이 있었다.

2학년생은 20km 걷기. 아침부터 강변을 따라 걸으면서 출발 지점에서부터 고등학교까지 돌아오면 끝이다. 재해가 발생해 교통 기관이 제구실을 못 할 때 자신이 스스로 걸어갈 수 있는 거리를 파악하는 것이 목적이라고 하는데, 옛날에는 그게 40km였다고 한다. 그러나 사건 사고를 우려한 학교 측은 해가 갈수록 그 거리를 줄이고 있었다.

그리하여 나는 그날 아침부터 낯선 고등학교의 체육관에 와 있었다.

학교에서 지정해준 팥죽색 체육복을 입은 한 학년 학생들이 그곳에 모여서 출석 체크를 하고 주의사항을 전달받았다.

출발 지점 부근에 있는 이 고등학교의 체육관은 스타트 지점으로서 이날 이 시간만 빌린 것이었다.

체육관이란 것은 어디든 다 비슷한 구조이지만 자세히 보면 뭔가 좀 달랐다.

문 근처에 있는 흐릿한 낙서도, 조금 망가진 농구 골대도, 평소에 여기서 생활하고 있는 같은 나이 또래의 고등학생들의 흔적이었다. 그것은 같은 시기에 복수의 고교 생활이 존재한다는 사실을 실감케 해줬다.

마치 인접해 있는 같은 구조의 별들처럼, 그것은 비슷하면서도 동떨어져 있었다.

여러 가지 주의사항 등의 설명이 끝나자 우리는 줄줄이

출발해 강변으로 나갔다.

몇 분 동안은 모두 계속 줄을 지어서 자전거 도로 위로 얌전히 걸어갔다. 그러나 곧 대열이 흐트러지기 시작했다.

다행인지 불행인지 이날은 날씨가 좋았다. 맨 처음에는 기분 좋게 걸었는데, 금방 땀이 나기 시작했다. 더웠다.

"스쿠네…… 난 더 이상은 안 되겠어……."

출석 번호 순서대로 앞에서 걷고 있었던 아부카와가 어느새 내 옆에 와 있었다.

벌써 숨을 헐떡거리고 있었다. 그의 걸음은 소처럼 느렸다. 내가 지켜보는 가운데 이윽고 그 걸음은 완전히 멈춰버렸다. 발은 멈췄어도 마음은 아직도 걷고 있는지, 헉헉하는 숨소리와 몸의 흔들림만은 계속 유지되고 있었다.

"아부카와, 너 전혀 전진을 안 하고 있어."

"끔찍한 행사야……. 이러다 살 빠지겠어……. 살 빠진다고……."

"건강해지니까 좋은 거 아냐?"

"피곤해. 너무 더워. 너무 가혹해……."

아부카와가 벌써 포기하고 길가에 주저앉았다. 아마도 아직 2km도 걷지 않았을 텐데. 앞날이 걱정된다.

행렬에서 이탈한 아부카와와 나의 눈앞에서 다른 학생들이 계속 지나갔다.

아부카와를 격려해 어떻게든 일으켜 세워야겠다. 나는

그에게 말을 걸었다.

"가자. 잡담이라도 하면서 걸을까? 그러면 힘들다는 생각은 안 하게 될 거야."

"이건…… 육체적 한계이지……, 그런…… 생각이나 정신력 같은 것으로 해결될 문제가 아니야! 진짜로 끔찍한 행사야!"

아부카와는 여전히 붉어진 얼굴로 행사에 대해 분노를 터뜨리고 있었다. 일어날 생각이 없어 보였다.

그때 가슴 큰 마츠모토 선생님이 지나가다가 이쪽을 보면서 웃었다.

"어머나, 너희들~. 벌써 지쳐서 앉아 있니?"

"선생님…… 저는 더 이상은 못 가요."

"사탕이라도 먹으면 기운이 날 거야. 힘내."

마츠모토 선생님은 나와 아부카와에게 소금 사탕을 하나씩 건네줬다. 그리고 손을 흔들더니 그대로 앞으로 나아갔다.

사탕은 주머니 속에 들어 있었나 보다. 아직 온기가 남아 있었다.

아부카와는 그것을 한 번 꽉 움켜쥐었다. 그리고 포장지를 벗겨 단번에 사탕을 입에 쏙 집어넣더니, 갑자기 기운이 나서 걷기 시작했다. 정신력으로 문제가 해결된 모양이다.

절반인 10km 지점에서 점호를 했다. 거기서 우리는 쉬면서 점심을 먹었다.

나는 집합 장소인 강변에서 야부사메와 함께 점심밥을 먹으면서 우리 둘 다 본 애니메이션 영화에 관해 이야기했다.

"그거, 원작에서는 그 후에 주인공이 처형되는데 말이지……."

"원작을 영화에서 어느 정도로 바꾸느냐가 중요한 거잖아……. 또 원작의 어느 장면까지 하느냐도 중요하고."

"하지만 뭐, 어쨌든 테러리스트이니까……. 해피엔딩으로 끝날 리는 없지. 원작자가 그렇게 말을 해버렸으니까."

푸른 하늘 아래에서 우리는 픽션 속 테러리스트의 미래를 생각하고 있었다. 그런데 좀 전에는 지쳐서 한 걸음도 움직이지 못했던 아부카와가 기운차게 이쪽으로 뛰어왔다.

"스쿠네―, 이거 좀 봐! 보물! 보물이야!"

"뭐가 보물인지 모르겠는데……."

그가 건네준 스마트폰 화면에는 마츠모토 선생님 같은 사람이 찍혀 있었다. 그러나 어딘가에 앉아 있는 뒷모습이라서 얼굴도 거의 안 보였다. 오이카와가 옆에서 화면을 들여다봤다.

"흐음…… 이건 엉덩이 쪽이 참으로…… 아부카와 군, 자네는 참으로 부도덕한 것을 가지고 있구먼……."

오이카와는 안경을 쓱 밀어 올리더니 잽싸게 스마트폰을 낚아채고 소리를 질렀다.

"······압수한다!"

"앗—! 그만해! 돌려줘."

"오이카와······ 보물이라잖아. 돌려줘."

"부도덕해! 부도덕하다고!"

"오이카와! 야, 착한 척하는 변태 녀석아!"

"우억! 아부카와 군! 안경 쓴 얼굴은 때리면 안 되는 거잖아?!"

한바탕 소동이 벌어졌다. 그때 문득 시선을 돌렸더니, 좀 떨어진 곳에서 사방팔방 여자들에게 둘러싸여 있던 아카호리가 벌떡 일어나 이쪽을 향해 손을 들었다.

"스쿠네, 너랑 하고 싶은 이야기가 있어."

"응? 뭐야, 뭔데?"

우리는 좀 떨어진 곳으로 이동해서 강물을 앞에 두고 둘이 나란히 앉았다.

"그래, 하고 싶은 이야기가 뭐야?"

"아니······ 실은, 이야기할 것은 없어."

아카호리가 입을 다물었다. 나는 무심코 주위를 둘러봤다.

저 멀리서는 아카호리를 잃어버린 여자들이 '금방 이쪽으로 돌아와 주지 않을까?' 하고 우리를 힐끔힐끔 보고 있었다. 나는 다시 아카호리에게 시선을 돌렸다. 그는 피곤해 보였다.

"너 어디 아파?"

"아프진 않은데……. 그냥, 내가 뭐 하는 걸까? 하는 생각이 들어서…… 피곤해졌어."

"왜? 넌 잘 살아가고 있잖아."

아카호리는 반에서 친하게 지내는 남자 친구는 적지만, 적당히 이야기할 수 있는 여자 친구들은 잔뜩 있었다.

여자한테 사랑받으면서도 또 남자한테 미움을 받지도 않는다. 최근에는 상급생과 하급생 중에도 아는 사람이 많아져서, 얕고 넓은 카테고리에서 평가한다면 충분히 발이 넓은 편이었다. 아카호리는 스펙에 비해 놀랄 만큼 교내에서 갈등을 일으키지 않고 요령 좋게 살아가고 있었다.

"응, 그래. 나는 옛날부터 어디에 가도 그럭저럭 요령 좋게 잘 지내는 편이지……."

이야기를 들으면서 무의식중에 내 눈은 유타를 찾고 있었다. 그러다가 강둑의 비탈진 언덕에 아오이와 함께 앉아 있는 유타의 모습을 확인했다. 그들은 다 먹은 도시락을 옆에 놔두고 간식을 꺼내고 있었다. 더워져서 그런지 아오이는 이미 겉옷을 벗어 반팔 체육복과 반바지 차림이 되어 있었는데, 유타는 고지식하다 싶을 정도로 위도 아래도 완벽하게 체육복을 갖춰 입고 있었다.

"난 옛날에는 주변 사람들과 사이좋게 잘 지내는 나 자신이 조금 자랑스럽기도 했고…… 그런 것 자체를 즐겼던 것 같은데……."

"흐음."

"나는 사람들 속에서 균형을 잘 맞춰가면서 주변 사람들에게 미움받지 않도록 능숙하게 행동하고 있지만…… 그래서, 뭐? 그게 무슨 의미가 있어?"

"글쎄, 나한테 그 의미를 물어보셔도……."

"스쿠네…… 내 행복은 대체 어디에 있지……?"

아카호리가 인생에 관해 고민하기 시작했다.

"아카호리, 여기서 잠깐 기다려봐."

나는 아카호리를 기다리게 해놓고 벌떡 일어나 이동했다.

"유타, 그 간식. 하나만 주면 안 돼?"

"네? 이 우유 사탕 말이에요? 네, 좋아요."

"고마워."

자리로 돌아가 보니 아카호리는 책상다리로 앉은 채 턱을 괴고 강물 쪽을 바라보고 있었다. 음울하게 자기만의 세계에 빠져 들어간 것 같았다.

"아카호리, 사탕이라도 먹고 기운 내."

"간식이야 아까부터 다들 엄청나게 많이 주던데…… 나, 실은 단것은 안 좋아하거든……. 됐어, 필요 없어……."

파리를 쫓는 듯한 동작으로 한 손을 흔들면서 조그맣게

중얼중얼 이야기하는 아카호리. 나는 엄숙하게 말했다.

"잘 들어. 이것은 유타의 우유 사탕이야."

"뭐, 유타의 우유……라고?!"

아카호리가 고개를 번쩍 들었다.

"이상한 데서 말을 끊지 마……."

"이리 내놔!"

아카호리는 사막에서 단 한 방울의 물을 받은 나그네처럼 정신없이 사탕에 달려들었다.

"유타의 우유! 맛있어~!"

"본인이 그 말을 들으면 틀림없이 너를 때릴 거야……."

아카호리는 잘난 인기인이고 평소에는 경박한 미남으로서 행동하고 있지만, 어쩌면 이 녀석의 본질은 한심한 개 그 캐릭터일지도 모른다. 어째 나르시시즘이 부족하다고나 할까. 잘난 인기인으로서 주변 사람들의 칭찬과 사랑을 받을 때보다도, 유타를 꼴사납게 쫓아다닐 때 그는 훨씬 더 즐거워 보이고 생기가 흘러넘치는 것이었다. 그렇다면 아까처럼 피곤해하는 것도 이해가 갔다.

게다가 어쩌면 아카호리의 입장에서는, 저런 타입의 인간인 유타를 쫓아다니는 것은 단순한 연애보다 더 중요한 의미가 있는 행동일지도 모른다. 그것은 현재 방황하고 있는 그의 인생에서의 새로운 삶의 방식을 예감케 하는 것이었다. 그런 삶의 방식은 틀림없이 멋있진 않아도, 마음 편하고 즐거울 것이다.

아카호리는 정신줄을 놔버린 것처럼 사탕을 으적으적 씹어 먹더니 소리를 질렀다.

"유타의 우유…… 한 번 더…… 우헉!"

어딘가에서 수건이 날아와 아카호리의 안면에 명중했다. 그쪽을 보니 유타와 아오이가 가까이 와 있었다. 그리고 유타는 뭔가를 던진 듯한 자세로 딱딱하게 굳어 있었다.

"그렇게 이상한 내용을 큰 소리로 떠들어대지 마세요!"

아카호리는 유타와 수건을 번갈아 보더니, 갑자기 그 수건에 얼굴을 푹 파묻었다.

"이건 유타의 수건!"

"헉…… 그, 그만하세요!"

"우와…… 아카호리, 쟤 왜 저래?"

아오이가 진심으로 질린 듯한 소리를 내면서 나를 쳐다봤다.

"아카호리는 인생이 피곤해져서 그래……."

"사람이 피곤해지면 저렇게 되는 거야……?"

어쩌다 보니 멤버들이 다 모이게 되었다. 그대로 넷이서 후반전에 돌입했다.

계속 걷다 보면 생각의 파도에 휩쓸리기에 십상이다. 어느새 쓸데없는 생각이나 하다가 점차 말이 없어진다.

고작 20km. 그래도 무려 20km. 작은 피로가 점점 쌓여

갔다.

특히 똑바로 뻗은 강변길에서는 길을 잃을 염려는 없지만, 그 대신 거리감은 파악하기 어려웠다.

"앞으로 얼마나 남은 걸까."

"아마도 아직 5km 정도는 남았을걸……."

그렇게 이야기를 하고 있는데, 다른 반 여자애들 4인조가 종종걸음으로 가까이 다가왔다.

"저기—, 아카호리……."

"여기서부터는 우리랑 같이 끝까지 가지 않을래?"

"응? 어—……."

아카호리가 피곤한 표정으로 말꼬리를 흐렸다.

그때 아오이가 그쪽으로 가서 아카호리의 팔을 잡았다.

"미안. 지금 아카호리는 내가 전세 냈거든."

아오이가 냉정하게 한마디를 내뱉자, 여자들은 "으, 응, 알았어!"라고 힘차게 대답했다.

그리고 꺅꺅 떠들면서 사라져갔다. 상대가 츠키시로라면 어쩔 수 없지……라는 식으로.

여자들이 떠나가자 아오이는 내 곁으로 돌아왔다. 시치미를 뚝 떼고 걷기 시작했다.

아오이는 지쳐버린 아카호리의 기분을 배려해준 것이리라. 실제로 유타는 막아줄 리가 없고, 내가 거기 끼어드는 것도 이상하니까. 지금 그 정도로 신속하고 깔끔하게 그 여자애들의 제안을 거절할 수 있었던 사람은 아오이밖에 없었다.

"츠키시로…… 고마워. 방금 나를 붙잡은 손길이 아주 우악스러웠던 것이 마음에 걸리지만…… 그래도 고마워."

"응……. 점심시간에 네 행동이 비정상적이었으니까……. 조금 불쌍해져서 그런 것뿐이야."

뜻밖의 친절에 감동한 아카호리의 눈이 은근히 촉촉해졌다.

삶에 지쳐버린 아카호리는 잠깐이나마 유타의 옆에서 묵묵히 걸을 수 있는 시간을 얻었다.

그런 소소한 기회를 준 것은 친구인 나도 아니고, 그가 좋아하는 여자애인 유타도 아니라 츠키시로 아오이였다. 이렇게 보면 인간관계의 작용이란 것은 좀 신기하구나.

묵묵히 아카호리 옆에서 걷고 있던 유타가 문득 깊은 한숨을 내쉬더니 아카호리에게 말을 걸었다.

"이거, 받아요."

"어? 이건……."

"그냥 우유 사탕인데……. 피곤해 보여서요. 당분 섭취를 하라고요."

"고마워……. 이거 혹시, 포장지를 벗기면 그 안에 '좋아해'라고 적혀 있는 거 아냐……?"

"아닙니다."

"아니, 그래도 마음이 담겨 있는……."

"안 담겨 있습니다."

"고마워, 유타!"

"네. 그래요."

두 사람은 내 눈앞에서 다소 핀트가 어긋난 대화를 나눴다. 그걸 들으면서 걷고 있는데, 아오이가 손을 내밀었는지 우리 둘의 새끼손가락이 한순간 서로 닿았다.

"응? 왜?"

아오이가 나를 부른 건가? 하고 말을 걸어봤다. 그러자 아오이는 난처해하는 표정으로 고개를 옆으로 흔들었다. 그리고 얼굴을 이쪽으로 가까이 붙이면서 조그맣게 말했다.

"그냥 좀, 손잡고 싶어져서…… 나도 모르게 순간적으로 손을 잡으려고 했던 거야."

"……어, 그건."

"알아. 아무리 그래도 지금 여기서 손을 잡으면 안 된다고 생각해서…… 참았어."

아오이가 그렇게 말하더니 다시 앞을 보고 걸음을 옮겼다.

해가 약간 기울어지면서 하늘이 붉어지기 시작했다.

강물에 반사된 빛은 눈 부시고 강렬해서, 이 풍경을 내 기억 속에 각인시키려 하고 있었다.

옆에서 걷고 있는 아오이를 봤다. 아오이는 이쪽을 보고 웃었다.

그 순간이 각인되는 것을 느꼈다.

장마, 아오이의 방

6월 말. 오랫동안 비가 이어지고 있었다.

기말고사가 코앞이기는 해도, 그 후의 여름방학을 기대하면서 또다시 평온한 나날이 흘러가고 있었다.

오늘은 집에 돌아가면 저녁 식사 전까지는 아오이의 방에서 공부할 예정이었다.

그동안 가끔 우리 집에서 같이 공부를 할 때는 항상 거실에서 했는데, 늘 같은 환경에서만 하면 긴장감이 사라지게 된다.

특히 나는 집중력이 부족한 편이었다. 부모님이 TV를 보고 웃으면 즉시 그쪽에 관심을 가진다. 또 부모님이 안 계셔도 근처에 TV가 있으면, 나도 모르게 영화를 보고 싶어 하면서 주의력을 잃어버린다. 그 외에도 무심코 냉장고를 열러 부엌으로 가기도 한다. 무심코 찬장 속의 인스턴트 라면을 꺼내 먹기도 하고. 그러면 배가 불러서 졸음이 온다.

아오이의 방에는 TV가 없었다. 그리고 얼마 전에는 아오이가 내 방에 들어왔으니까, 환경을 바꿀 겸 아오이의 방에서 공부해보자는 이야기가 나왔다.

방과 후 승강구에서 나가려고 할 때 아오이가 중얼거렸다.

"어? 오늘은 안 온다고 하지 않았나?"

조금 전까지는 흐리기만 했던 하늘에서 갑자기 물방울이 떨어지기 시작했다.

몇 초 동안은 똑, 똑 하고 떨어지더니, 곧바로 쏴아아 하고 소리가 날 정도로 거센 비로 변했다. 굵은 빗방울이 순식간에 길바닥의 색깔을 바꿔놓았다.

눈 깜짝할 사이에 일어난 일이었다.

승강구 밖의 지붕 아래에서 나와 아오이는 입을 벌린 채 그 광경을 바라보고 있었다.

"어? 아오이, 우산 없어?"

"오랜만에 종일 날씨가 좋을 거라는 일기예보를 봤으니까. 우산은 말리느라 베란다에 내놓고 왔어……."

"조심성이 없네―. 장마철에는 언제든지 비가 올 가능성이 있다고."

"유우, 그러는 너도 우산 없잖아……."

"나도 오늘은 비가 안 올 거라는 일기예보를 봤으니까. 그리고 예비용 접이식 우산은, 아버지가 자기 것은 망가졌다고 하면서 내 것을 회사에 가져갔단 말이야."

"나도 접이식 우산은 얼마 전에 망가져서, 이왕이면 예쁜 우산을 사야겠다고 생각하고 있었는데……."

그렇게 우리가 이야기를 나누는 동안에도 쏴아아 하고 지면을 두드리는 빗소리는 한층 더 커졌다. 목소리가 잘 들리지 않게 되어서 대화도 하기 어려워졌다.

"으음—, 유우, 비가 그칠 때까지 기다릴래……?"

"어제는 밤까지 내내 이런 식으로 내렸잖아. 아예 안 그칠 가능성도 있어……. 뛸까?"

"뭐—? 여기서 집까지 뛰어가면 거의 마라톤 아니야? 그럴 거면 차라리 걸어가는 게 낫지. 집에 가서 샤워하면 되잖아?"

"하긴 그래."

점점 만사가 귀찮아졌다. 그냥 그대로 걸어서 집에 돌아가기로 했다.

그리하여 우리는 지붕 밑에서 나와 걷기 시작했다.

후드득후드득.

한 걸음 발을 내디뎠을 뿐인데도 순식간에 굵은 빗방울이 머리를 때렸다.

순간적으로 후회하면서 되돌아가려고 했지만, 그런 마음을 박살 낼 기세로 빗줄기가 몸을 적셨다. 이제 와서 되돌아가봤자 너무 늦었다.

"이 정도면 거의 샤워하는 거나 마찬가지 아냐?"

"음, 난 오히려 조금 재미있어졌어."

"뭐? 이런 게 재미있어? 유우는 변태야?"

"「쇼생크 탈출」 놀이를 할 수 있잖아? 탈옥한 직후의 심정이 되어보면……."

"윽…… 나는 그 영화는 보지도 않았고 모르니까, 그런 심정이 될 수는 없어……."

모르는데도 직감적으로 영화 이야기란 것은 눈치챘나 보다. 이럴 때는 우리도 제법 오래 사귀었다는 것을 은근히 실감하게 된다.

"이렇게 푹 젖으면 기분 나쁘지 않아?"

아오이의 말대로 셔츠는 점점 빗물을 흡수해 묵직해졌고, 머리카락에서는 물방울이 뚝뚝 떨어졌다. 코끝에서는 희미한 흙내가 섞인 듯한 비 냄새가 났다. 신발 속에 대량의 빗물이 들어와 걸을 때마다 철벅철벅 물을 밟는 느낌이 들었다. 이 나이가 되어서 옷을 입은 채 이렇게까지 푹 젖는 것은 드문 일이었다.

"……집에 가서 샤워하는 순간을 생각해봐. 배고플 때 먹는 밥은 맛있고, 또 미친 듯이 졸릴 때 기절하듯이 잠드는 것도 행복하잖아?"

"응, 그런 식으로 생각할 수밖에 없지만…… 그래도 역시 기분은 안 좋아."

그렇게 말하면서도 아오이는 웃고 있었다.

슬슬 우리 집이 보이는 곳까지 왔다. 그런데 빗발이 급격하게 가늘어진다 싶더니 돌연 잠잠해졌다.

비구름이 이동한 걸까. 갑자기 세상이 좀 밝아졌다.

"이제 와서 비가 그치네……?" 하고 나는 쓴웃음을 지으며 아오이를 돌아봤다가 그대로 경직됐다.

아오이의 셔츠는 흠뻑 젖어서 몸에 착 달라붙어 있었다.

평소에 교복을 입고 있을 때는 별로 심하게 두드러지진 않았던 가슴이 지금은 앞으로 튀어나온 것처럼 자기주장을 하고 있었다. 가슴의 하늘색 속옷이 비쳐 보였다. 스커트는 색깔까지는 비쳐 보이지 않았지만, 역시나 엉덩이와 다리의 곡선이 뚜렷이 드러나 있었다. 그리고 스커트에서 배어 나온 소량의 물이 하얗고 긴 허벅지를 따라 흘러내리고 있었다.

머리카락은 푹 젖어 있었다. 하얀 팔과, 셔츠 옷깃 사이로 보이는 쇄골에도 물방울이 맺혀 있었다. 그 모습이 섹시하고 아름다웠다.

그때 마침 구름 사이로 햇빛이 새어나오더니 아오이 위로 쏟아졌다.

나는 그 모습을 뚫어지게 보면서 생각했다. 이것은——.

"푹 젖어서 훤히 보이는 미소녀잖아……."

나도 모르게 소리 내어 중얼거리고 말았다. 아오이는 어리둥절한 표정으로 시선을 내려 자기 셔츠를 들여다봤다.

"아, 꺄악!"

즉시 놀란 얼굴로 후다닥 자기 가슴을 양팔로 가렸다.

"······봤어?"

아오이는 얼굴이 새빨개진 채 나를 쏘아봤다. 나는 초고
속으로 가까이 있는 집의 화분으로 시선을 휙 돌렸다.

"··············안 봤어."

화분은 처마 밑에 있어서 거의 멀쩡했다. 비가 그친 뒤
의 햇살을 받아 반짝반짝 빛나고 있었다.

"봤지?"

"안 봤어, 안 봤다고."

황급히 집 현관으로 걸어가, 주머니 속에서 물에 젖은
열쇠를 꺼내면서 대꾸했다.

"봤지, 봤지, 봤지, 봤지?"

"다, 다 왔어! 집에 다 왔다고! 문도 열었어! 얼른 샤워하
는 게 어때?"

"아니, 실은 봤어도 상관없는데. 그걸 없었던 일로 하려
는 것은 참을 수 없어!"

"뭐야? 그 비논리적인 분노는?"

몇 초 동안 아오이는 여전히 무슨 말을 하고 싶어 하는
눈치였지만, 돌연 부르르 하고 몸을 떨더니 현관에서 양말
을 벗고 욕실로 향했다.

난처하게도 그 모습은 아름다울 뿐만 아니라 숨 막히게
야하기도 했다. 그래서 나는 현관 앞에 앉아 잠시 마음을
진정시켰다.

문득 얼마 전에 비에 젖어 귀가하셨던 아버지의 모습이 떠올랐다.

　요즘 들어 급격히 숱이 적어진 아버지의 머리카락은 축축해져서 얇은 가닥으로 뭉쳐 있었다. 그래서 숱이 없는 것이 유난히 눈에 띄었다. 그리고 온통 물방울로 얼룩진 안경은 집에 들어오자마자 김이 서렸는지, 그 안쪽에 있는 작은 눈을 가리고 있었다. 양복과 와이셔츠는 흠뻑 젖은 상태였다. 어머니가 장난삼아 사줬던 귀여운 곰 캐릭터가 그려진 속옷이 다 비쳐 보였다.

　전체적으로 말랐는데 배만 볼록 튀어나온 중년의 몸매도 강조됐고, 또 동시에 중년의 비애도 생생하게 드러나 있었다. 그 모습을 본 나는 이렇게 생각했을 것이다. 인간은 물에 젖으면 정말 볼품없는 꼴이 되어버리는구나……라고.

　같은 인간 종족이 물에 젖어 속옷이 비치고 있는데, 어떻게 이렇게 하늘과 땅만큼 차이가 나는 걸까…….

　나는 그런 생각에 잠겨 있었다. 그때 수건이 휙 날아와 내 머리에 툭 떨어졌다.

　"유우! 욕실 비었어! 샤워한 다음에 공부할 것을 챙겨 가지고 내 방으로 와!"

　아직도 은근히 화가 난 듯한 목소리였지만, 그래도 공부는 예정대로 아오이의 방에서 하는 것 같았다.

나는 샤워를 하고 내 방에서 공부할 것을 챙겨서 아오이의 방문을 두드렸다.

그러자 문이 열리더니, 헐렁한 실내용 옷과 반바지를 입은 아오이가 나타났다. 곧바로 "들어와" 하고 안으로 나를 들여보내줬다.

같이 살고 있어도 서로의 방에 들어갈 기회는 거의 없었다. 여기 마지막으로 들어온 것은, 아오이의 방에 나방이 들어와서 쫓아내 달라고 부탁받았을 때였다.

그때도 생각했는데 참 간소한 방이었다.

하기야 아오이한테는 이 방은 일시적으로 빌린 방에 불과하니까 대대적으로 개조할 수는 없을지도 모른다. 하지만 그 점은 제쳐두더라도 침대나 시트의 색깔 같은 것을 봐도 귀여움이나 꾸밈이 부족해 보이는 방이었다. 공부할 때 사용하는 자그마한 좌식 테이블의 표면이 붉은색과 분홍색의 중간이라서, 그나마 좀 여자의 방이란 느낌이 나기는 했지만.

나는 특이한 것이 있으면 쉽게 관심이 분산되는 타입이다. 그래서 물건이 적은 것이 오히려 고마웠다.

그래도 멍하니 책장 같은 곳을 바라보고 있었는데, 등 뒤에서 아오이가 말을 걸었다.

"유우. 너 머리카락이 덜 말랐어."

아오이는 내 어깨에 걸쳐져 있는 수건으로 머리를 문질

러 물기를 제거해줬다.

"아…… 미안. 네 방에 물을 떨어뜨려서."

"아냐. 네가 감기 걸리면 안 되잖아."

아오이는 한동안 수건으로 내 머리를 마구 문지르다가 이윽고 가볍게 숨을 내쉬었다.

"좋아, 다 됐어."

납득을 했나 보다. 좌식 테이블의 맞은편에 앉았다.

"그럼 이제 시작할까?"

"응."

한동안 성실하게 공부를 했다.

기말고사에서 낙제점을 받으면 여름방학에 보충수업을 하게 된다.

나는 아르바이트를 하고 싶으니까. 보충수업 따위에 시간을 빼앗기고 싶진 않았다. 그래서 나름대로 필사적이었다.

샤프가 사각사각 노트 위로 내달리는 소리가 방 안에 울려 퍼졌다.

한 시간쯤 지났을까. 아오이가 기지개를 켜면서 일어났다.

"피곤하다~."

그렇게 말하더니 자기 침대로 다이빙을 했다.

그걸 본 나는 아~ 그래, 역시 자기 방에서는 무의식중에 저런 짓을 해서 작업이 중단되는구나……라고 생각했다.

"유우."

"응?"

"유우—, 유우."

"응…….."

"안 쉬어?"

"조금만 더 하다가, 적당한 데서 끊을래……."

아르바이트가 달린 상황이다 보니 나는 평소답지 않은 집중력을 발휘해, 미리 대충 정해둔 목표 범위까지 공부하는 데 성공했다.

고개를 들어보니 아오이는 침대에 엎드린 채 머리만 쏙 내밀고 있었다. 바로 옆에 그 얼굴이 있었다.

"으악! 머리만 있는 귀신이다!"

"쉴 거야? 쉬는 거지!"

"아오이, 웬일이야……? 평소에는 네가 나보다 더 잘 집중하잖아."

"내 방이라 그런가……? 어쩐지 집중이 안 돼."

"아, 하긴. 나는 이 방 침대로 다이빙할 수는 없으니까……."

"해도 돼. 이리 와."

아오이는 쿠션을 끌어안고 왠지 졸린 듯한 목소리로 나를 불렀다. 마치 고양이 같은 동물을 부르는 듯한 말투로.

아니, 이 사람, 위기감이 너무 부족한 거 아냐……? 하지만 그것은 절친으로서 신뢰하고 있기 때문일 것이다.

그렇게 생각한 나는 아오이와 좀 떨어진 침대 가장자리에 누웠다. 근처에 있는 베개에서 샴푸 냄새가 났다.

"어?"

아오이의 방에는 높은 책장이 있었다. 앉아 있을 때는 보이지 않았던 그 책장의 맨 윗줄에 액자 같은 것이 두 개 놓여 있었다. 누운 채 손가락으로 그쪽을 가리키며 물어봤다.

"저게 뭐야? 액자야?"

"응. 맞아. 하나는 얼마 전에 네가 준 연하장."

"그걸 진짜로 장식해놨구나……. 나머지 하나는?"

"아, 이거?"

아오이가 침대 위에 서서 나머지 액자 하나를 집어 들더니 나에게 건네줬다.

그것은 어린 시절의 나와 아오이를 찍은 사진이었다.

사진 속에 서 있는 우리 두 사람의 뒤에는 '입학식'이란 간판이 놓여 있었다. 초등학교 입학식 때 찍은 사진인가 보다. 둘 다 반짝반짝한 새 책가방을 등에 메고, 단정한 옷을 차려입고 있었다.

아오이는 울 것처럼 불안한 표정을 짓고 있었고, 나는 활짝 웃으면서 손가락으로 브이 자를 그리고 있었다. 이 사진을 찍을 때의 상황은 거의 기억나지 않았다.

"사진은 많이 있는데 인쇄된 것은 적거든. 그런데 난 이 사진이 마음에 들어."

"흐음……?"

마음에 들 만한 사진인가? 나는 자세히 들여다봤다.

"아, 맞다. 아버지 컴퓨터에서 내 스마트폰으로 옮겨놓은 제일 오래된 동영상이 있는데. 볼래?"

"뭐? 무슨 동영상?"

손짓을 하는 아오이 옆으로 다가갔다. 우리 둘은 침대 옆의 벽에 기대어 앉았다.

아오이가 스마트폰을 눈앞에 들어 올리고 영상을 재생했다.

그것은 공원에서 놀고 있는 영상이었다.

그 장소는 본 적이 있었다. 아마도 회사 사택 근처에 있었던 공원일 것이다.

어린 아오이가 널찍한 돌 미끄럼틀 위에서 엉엉 울고 있었다.

올라올 때는 좋았는데 거기서 미끄러져 내려가기는 무섭고, 그렇다고 되돌아가는 것도 무서워서 그러는 것이리라. 주위에 있는 부모들도 여차하면 직접 가서 내려주면 되지~ 하는 느긋한 분위기였다. 웃으면서 "힘내"라고 말하고 있었다.

"이게 몇 살 때야?"

"데이터 정보를 보니까 두 살 때였어……."

그때 같은 나이 또래의 남자아이가 싱글벙글 웃으며 올라왔다. 나였다.

무슨 생각을 했는지는 몰라도, 어린 시절의 나는 아오이의 손을 힘껏 잡아당겼다. 주저앉아 있던 아오이는 울음을 그치고 벌떡 일어났다.

두 사람은 손을 잡은 채 미끄럼틀 위에 앉으려고 했다.

여기서 "위험하니까 손잡고 미끄럼틀 타면 안 돼~"라는 목소리가 좀 크게 끼어들었다.

하지만 그런 충고도 소용없었다. 나는 아오이를 잡아당겼고, 그 직후에는 둘이서 위태롭게 비틀거렸다.

주변 사람들이 비명을 질렀다.

나와 아오이는 손을 잡은 채 위험하게 데굴데굴 구르면서 미끄럼틀 위로 굴러 내려갔다.

"유, 유우!"

"아, 아오야아앗!"

어머니 같은 목소리가 났다. 그리고 각자의 부모님들이 아이들에게 뛰어갔다. 화면은 급하게 흔들리다가 뚝 하고 끊겼다. 약 1분 만에 영상은 끝났다.

"이건 거의 충격 영상이잖아—?! 이게 뭐야, 무서워!"

"위험했지—?"

"아니, 이건 의외로 평범하게 미끄러져 내려왔으니 그나마 다행이지만, 어디 머리라도 부딪쳤으면 큰일 날 뻔했잖아."

"하지만 이거 말이지……, 유우가 오자마자 여기서 내가 울음을 그친 것이 왠지 웃겨서……. 게다가 너도 이상하게 자신만만한 표정을 짓고 있었잖아?"

"응, 짜증 날 정도로 의기양양한 표정이었지……."

"아오, 유우? 나 들어간다―?"

돌연 익숙하면서도 지긋지긋한 목소리가 들리더니 문이 찰칵하고 열렸다. 나는 침대에서 구르듯이 밑으로 내려갔다.

"하하하―. 다정하신 이 어머님이 이렇게 음료수와 과자를 가지고 와주셨습니다―! 어머나? 유우…… 너는 왜 바닥에 쓰러져 있니?"

"하하하……."

어머님의 다정함에 나는 메마른 웃음을 지었다.

"아, 사토코 아주머니도 이거 한번 보실래요? 우리 아버지가 찍으신 건데요."

"응? 뭔데―?"

이번에는 어머니가 아오이의 스마트폰을 들여다봤다. 아오이가 아까 그 영상을 재생시켰다.

"아―…… 이건…… 시즈네한테 미안하다고 싹싹 빌었던 그 사건이구나……. 그런데 이 시기에는 이런 일이 엄청 자주 있었어. 흔하다면 흔한 일이지. 우리가 조금만 눈을 때도, 금방 유우가 제멋대로 아오이를 데리고 위험한 짓을 하려고 했다니까?"

어머니는 "정말이지, 네가 문제야!"라고 하면서 내 머리를 탁 때리셨다.

"아야! 뭐야, 난 기억도 안 나는 옛날 일인데, 그런 걸로 쉽게 때리지 마!"

"아니, 너는 이 미끄럼틀 사건은 그렇다 쳐도…… 전에 부모님이 이야기하고 있는데, 등 뒤에서 몰래 베란다에 발판을 놔두고 위에 올라가서…… 아아, 다시 생각하기만 해도 소름이 끼쳐!"

"아오이네 가족들은 용케 그런 애랑 자기 딸을 같이 놀게 해줬구나……?"

"그건 말이지―, 아오이가 유우를 좋아해서…… 보기만 하면 얼른 다가갔으니까…… 그래서 두 녀석이 다 똑같다~ 하고 넘어가게 되어버렸지, 뭐."

아오이의 얼굴을 봤다. 생글생글 웃고 있었다.

"아오이, 우리 아들은 정―말 부족하기 짝이 없는 녀석이지만…… 앞으로도 버리지 말고 친하게 지내주렴, 응―?"

어머니가 내 머리를 억지로 꽉 눌러서 고개를 숙이게 했다. 그런 태도에 나는 확 짜증이 났다.

쓸데없이 신이 난 어머니는 그대로 "아하하―" 하고 웃으면서 방에서 나갔다. 나는 그 뒷모습을 향해 속으로 욕을 퍼부었다. 대체 뭔데? 대체 뭐냐고.

어머니가 나간 후에도 멍하니 침대에 앉아 있던 아오이는 이윽고 한마디를 툭 던졌다.

"유우, 넌 정말로 기억이 안 나?"

"응, 전혀."

"난 조금은 기억하는데."

"진짜? 기억력 좋구나."

"아니야. 어떤 사건이 있었는지는 기억이 안 나. 다만 유우, 너는 내가 무서워서 못 가는 곳에도 즐겁게 갔으니까…… 나도 가보고 싶어졌거든. 그런 느낌은 기억해."

아오이는 그렇게 말하면서 액자를 보여줬다.

"이거 봐, 이 사진에서도…… 너는 즐거워 보이잖아? 나는 초등학교에 들어가는 게 불안해서 울 것 같은 표정을 짓고 있는데."

"아, 그래서 울 것 같은 표정이었구나."

"응, 울상을 지으면서 너를 빤히 쳐다보고 있잖아? 아마도 너를 보면서 불안감을 없애보려고 했던 걸 거야."

듣고 보니 정말이었다. 울상이 된 아오이는 카메라가 아니라 나를 빤히 쳐다보고 있었다.

여름의 시작

7월이 되어 장마가 끝나고 매미가 울기 시작했다.

나는 기말고사가 코앞에 다가온 어느 날 방과 후의 통학로를 아오이와 함께 걷고 있었다.

이렇게 걷기만 해도 이마에서 땀이 배어 나왔다. 올여름도 더울 것 같았다.

옆에서 걷고 있는 아오이도 하늘을 우러러보면서 눈부시다는 듯이 손바닥으로 손차양을 만들었다.

"장마가 끝나자마자 갑자기 확 더워졌네."

"아이스크림 먹고 싶다."

"그럼 편의점에 들렀다 가자."

그런 시시한 잡담을 하다가. 잠깐 침묵이 흐른 뒤 아오이가 또다시 입을 열었다.

"유우. 너도 이제 완전히 내 절친이 되었구나……."

묘하게 감동한 듯한 목소리로 그런 말을 했다.

"무슨 소리야?"

"아니, 그게. 유우. 넌 내가 처음 왔을 때는…… 푸…… 후훗, 밤에 화장실에 갔다 온 다음에는 후다닥 뛰어서 방으로 돌아갔잖아? 나랑 우연히 마주치지 않으려고."

소리 죽여 웃으면서 이야기하는 아오이. 나는 그 말에 대꾸했다.

"그러는 너도 처음 왔을 때는 주로 방에만 틀어박혀 있었잖아?"

"그건 너랑은 다르게, 난 남의 집에서 살게 되었으니까…… . 처음부터 거실에서 편하게 빈둥거릴 수는 없잖아……?"

"나는…… 중학교 때 친구 집에 있는 탁상 난로의 이불 속에서 깜빡 잠들었다가, 나중에 온 친구가 순간적으로 내 집인가? 하고 착각한 적도 있었는데."

"난 그렇게 뻔뻔하지 않거든—?"

아오이가 일부러 화내는 듯한 말투로 웃으면서 내 등을 가볍게 툭 쳤다.

그렇게 이야기를 하다가 '아, 진짜다' 하고 실감하게 되었다. 최근에는 완전히 절친으로서의 행동이 몸에 밴 것 같았다.

고등학교 1학년 5월에 아오이가 우리 집에 오고 나서 어느새 1년이 넘는 시간이 지났다.

그 당시에는 엄청난 변화였던 그것은 일상생활 속에서 점점 익숙한 것이 되어갔고, 이제는 완벽하게 정착됐다.

지금은 아오이와 함께 학교에 가는 것도, 집에 가는 것도, 도시락을 먹는 것도, 쉬는 날 같이 노는 것도 일상이 되었다. 마치 오래전부터 이런 식으로 지냈던 것 같은 착각이 들 정도였다.

크리스마스에 절친이 된 지도 벌써 반년이 넘게 지났다.

단지 여자란 이유만으로 무차별적으로 경계했던 그 시

절의 나를 생각한다면 도저히 믿을 수 없는 현재의 생활이지만, 이제는 아오이라는 '절친'이 있다는 것은 나에게는 당연한 일상이 되었다.

초등학교 옆을 지나가자 희미하게 코를 찌르는 냄새가 났다.

"수영장 냄새가 나네"라고 아오이가 말했다. 나는 "응"하고 맞장구를 치면서 펜스 쪽을 쳐다봤다.

우리가 다녔던 초등학교는 아니라서 저 안에 들어간 적은 없었다.

그 펜스 아랫부분은 높은 콘크리트 벽으로 되어 있어서 밖에서는 안이 보이지 않았다. 하지만 아마도 저 벽 너머에는 수영장이 있을 것이다. 이미 수업도 끝났을 시간이라 인기척은 느껴지지 않았다.

옆을 보니 아오이도 멍하니 펜스를 쳐다보고 있었다.

"초등학교 시절에는 고등학생이 완전히 다 큰 어른처럼 보였는데…… 막상 고등학생이 되어보니 그렇지도 않네."

"우리 부모님은 어른이 되어도 똑같다고 하셨는데……."

"그런 걸까?"

"에이, 어차피 우리 어머니가 하신 말씀이고, 일반적으로는 어떤지 잘 모르겠지만……."

초등학교 시절에 비하면 상당히 변한 것 같기는 한데, 그래도 어른이 됐다는 기분은 전혀 들지 않았다. 그리고 사회인이 된 이후의 미래는 아직 상상하기 어려웠다.

연속적으로 다가오는 내일을 몇 번이나 넘기다 보면 언젠가는 틀림없이 그곳에 그런 미래가 있을 테지만, 지금은 아직 눈앞에 있는 나날이 나의 전부였다.

시험이 끝나면 나와 아오이의 두 번째 여름이 찾아온다.

그것이 무척 기대되었다.

나는 왠지 모르게 머리 위에 끝없이 펼쳐져 있는 푸른 하늘처럼, 앞으로도 쭉 이대로 변함없는 나날이 편안하게 흘러갈 것 같은 기분을 느꼈다.

변화의 장

유타

7월 중순. 기말고사 마지막 날 방과 후에 나와 아오이는 둘이서 교실에 남아 있었다.

유타가 상담하고 싶은 일이 있다고 했기 때문이다.

아오이와 나는 단둘이 아무도 없는 교실에서 나란히 앉아 있었다. 심심하니까 이유도 없이 가위바위보나 하면서 기다리고 있었는데, 이윽고 앞문이 드르륵 열렸다.

"오래 기다리게 해서 죄송합니다"라고 말하면서 교사처럼 안으로 들어온 유타는 교단 앞에 서서 고개를 꾸벅 숙였다.

"……사쿠라, 왜 그래?"

"응, 그러게. 새삼스럽게 격식을 차리네."

"저, 그게…… 상담, 아니, 보고할 것이 있어서요."

유타는 한 번 몸을 돌려 우리를 등지고 칠판을 향해 서더니, 분필로 '상담?'이라고 적었다가 쓱쓱 지웠다.

그리고 다시 이쪽을 돌아봤다.

"저기요, 실은 제가…… 어―, 어, 그게…….'"

뭔지는 몰라도 왠지 긴장감이 느껴지는 유타의 얼굴은

조금 붉어진 것 같았고, 상태가 이상해 보였다.

그 이유가 뭔지는 이어지는 말을 듣자마자 금방 이해하게 되었다.

"저, 아카호리와 한번 사귀어볼까 해요."

"뭣?!"

"정말?"

"네. 아직 본인에게는 말하지 않았지만…… 뭐예요? 스쿠네. 그 표정은…… 그냥 관두는 게 나을까요……? 네, 그럼 역시 관둘……."

"아니, 저기, 잠깐 기다려봐! 너무 의외여서 놀란 거야! 관둘 필요는 없어!"

"농담이에요. 스쿠네, 당신의 표정 같은 것 때문에 관두지는 않아요."

"위험한 농담은 하지 말아줘……. 난 아카호리한테 저주받기 싫단 말이야."

"……그런데 사쿠라, 애초에 사귀기 싫어서 찼던 거잖아?"

아오이의 말에 유타가 진지한 표정으로 입을 다물었다.

그러다가 드디어 우리 앞에 있는 자리에 앉았다. 그리고 휴 하고 가볍게 한숨을 쉬었다.

"아뇨, 저는…… 실은 자신이 상처받는 게 싫어서 찼던 거예요. 본디 저는 아카호리를, 예전부터 쭉……."

유타는 숨을 한 번 고르더니 이야기를 계속했다.

"예전부터 쭉…… 불편하게 여겼어요."

"여기선 당연히 '좋아했어요'라고 말해야 하는 거 아냐?!"

내가 날카롭게 지적하자 유타는 진지한 얼굴로 답했다.

"아뇨, 거짓말 안 하고 정말 진심으로 불편하게 여겼습니다."

"그, 그랬구나……."

유타가 이어서 설명한 바에 의하면, 중학교 시절의 유타와 아카호리의 접점은 단지 같은 반 학생이라는 것 하나밖에 없었다고 한다. 그리고 3년 내내 같은 반이었는데, 1학년 때와 2학년 때는 서로 대화를 해본 적이 거의 없었다. 이 이야기는 아카호리한테 들었던 이야기와도 일치했다.

유타는 그동안에도 늘 아카호리를 불편하게 여겼다. 아카호리는 처음부터 인기가 있었고, 반 전체에서도 눈에 띄는 존재였다. 여자들 사이에서는 자주 화제가 되기 때문에 본의 아니게 자꾸 눈에 들어왔고, 그의 정보는 항상 저절로 귀에 들어왔다.

이야기를 들어보니 아카호리는 경박하게 여자애들과 놀러 다니는 깃털같이 가벼운 남자였다. 누가 같이 놀자고 하면 거절하는 경우가 드물었다. 그는 그 무렵부터 개별적인 누군가가 아니라 여자 여럿과 어울려 노는 일이 잦았다. 그런 모습도 또 하렘을 만들어놓은 것 같아서, 이미지가 좋지 않았다.

그때 유타의 귀에 들어온 정보에 의하면 아카호리는 중학교 2학년 때 한 번 연애를 했다고 한다. 같은 반의 눈에 띄는 여자애한테 고백을 받아 사귀었다가 한 달 만에 깨졌다는 것이다.

깨진 이유가 뭐냐 하면, 아카호리가 그 여자와 사귀기 시작한 다음에도 수많은 이성 친구들과의 관계를 끊지 않아서 그 문제로 싸웠던 것이다. 표면적으로는 아카호리가 차였지만, 아카호리는 별로 신경도 쓰지 않고 금방 산뜻한 기분으로 이전과 같은 생활로 돌아간 것처럼 보였다.

유타의 할머니는 권위 있는 정통파 꽃꽂이 명인이었다. 그래서 그런 것은 아닐지도 모르지만, 어쨌든 유타는 옛날부터 엄격한 교육을 받으며 자랐다. 할머니의 가르침에 의하면 아카호리처럼 불성실하고 경박한 남자는 멸시해야 마땅한 사람이었다.

유타와 아카호리의 첫 번째 접촉은 중학교 3학년 봄. 그것도 별로 특별하진 않은 만남이었다. 단지 그들의 자리가 붙어 있었기 때문에 아카호리가 유타의 노트를 봤고, 그때부터 유난히 자주 말을 걸게 된 것이다.

유타의 입장에서는 어느 날 갑자기 상대가 자신한테 말을 걸기 시작한 셈인데, 아카호리는 다른 여자와도 쉽게 대화를 나눴으므로 유타는 그것을 특별하게 여기진 않았다. 그 시점에서는 아카호리의 호감을 느껴본 적이 전혀 없었던 것이다. '설마 나를?' 하고 생각하게 된 것은 고등학교에 입학한 다음부터였다고 한다.

아카호리 본인도 입학한 뒤 출력을 높였다고 말했으니까. 그런 노력은 상대에게 제대로 전달된 모양이다.

"아카호리의 고백은 지난겨울에 이미 한 번 거절했지만, 그 후에도 몇 번이나 질문을 받았습니다. 어떻게 하면 자기와 사귀어줄 수 있느냐고. 그래서 저는 그 짓을 그만두게 하려고 조건을 걸었습니다. 레드 서클을 해산시키라고 했어요."

"우와…… 그게 해산시킬 수 있는 조직이었어?"

"그들은 전부 다 이성이지만, 그래도 친구는 친구니까요. 저는 당연히 아카호리가 그런 짓은 못 할 줄 알았어요……. 그의 접근을 거절하려는 방편이었죠."

그 말을 듣고 문득 돌이켜보니, 교외 수업 이후에는 아카호리는 여자들과 놀지 않았다.

그때는 인생에 대해 고민하는 것 같았으니까 그 영향일 거라고 생각했는데, 알고 보니 아카호리는 유타에게 차인 후에도 계속 노력을 했었나 보다. 집념의 아카호리였다.

"그래. 그렇게 노력하는 아카호리를 보고 네 마음이 움직인 거구나."

"네. 아니, 그런데…… 그게 전부는 아니고…… 애초에 저는 처음 고백을 받고 나서, 아카호리라면 금방 미련을 떨쳐내고 잘 지낼 거라고 생각했거든요……. 그렇게 생각했기 때문에 화가 났고요……. 하지만 수족관에서 만났을 때 여전히 우울해하는 것을 보고…… 미안하지만, 저는 좀 기뻤어요. 그러니까 가장 큰 이유는…… 제가…… 아, 아카호리를…… 조, 좋아하게 되었기 때문일까요?"

"유타, 왜 지금 마지막 말은 의문형으로 끝낸 거야?"

그것도 상당히 불쾌한 표정으로. 불쾌한, 아니, 분한 표정인가……?

"…………어험, 네, 그렇게 되었기 때문입니다……!"

다시 말했다. 마치 설득하는 것처럼 다시 말했다.

유타는 자리에서 일어나 생각에 잠긴 것처럼 시계를 봤다.

"솔직히 말하자면…… 좀 불안하긴 하지만……."

자신 없는 말투로 중얼거리는 유타에게 아오이가 말을 걸었다.

"어? 저기, 그러면…… 굳이 무리해서 사귈 필요는 없잖아? 그냥 친구로서 좀 더……."

"아뇨, 그래도 저는 아카호리가 다른 여자를 연애 대상으로 보지 않았으면 좋겠다고 생각했으니까요."

"뭐……?"

"친구는 몇 명이나 있을 수 있으니까. 저는…… 좋아하는 사람과는 정식으로 사귀고 싶어요."

유타가 단호하게 그렇게 말하자, 아오이는 살짝 숨을 들이켰다.

"두 분에게 다 털어놓고 나니까 마음이 정리됐네요. 자, 그럼 다녀올게요."

"뭐? 어디 가는데?"

"……좀처럼 결심할 수가 없어서…… 실은 오늘, 학교 건물 뒤에서 기다리라고 했거든요."

유타는 아카호리를 다른 곳에서 기다리게 해놓고 우리와 상담을 하러 왔던 건가 보다. 물론 한동안 기다리게 했어도, 결과가 좋다면 아카호리도 개의치 않을 테지만.

일단 자리에서 일어난 유타가 불안하게 이쪽을 돌아봤다.

"괜찮을까요? 딱 하루 전에 아카호리의 마음이 변해버린 건 아닐까요……."

"걱정하지 마. 빨리 가서 만나줘."

"아, 네. 그럼 가볼게요!"

유타는 즉시 교실에서 나가려고 하다가 문에 쾅! 하고 부딪쳤다.

"악!"

코끝이 부딪쳤나 보다. 잠시 쪼그려 앉아 얼굴을 붙잡고 부들부들 떨고 있었다.

"유타…… 괜찮아?"

"조금…… 긴장하긴 했지만…… 괜찮아요!"

유타는 고개를 번쩍 들고 몸을 일으켰다. 그리고 나와

아오이를 향해 기운차게 손가락으로 브이 자를 만들어 보여주더니, 이번에는 진짜 밖으로 나갔다. 그 코끝은 약간 붉어져 있었다.

"……유타, 뭔가 멋있네."

원래 야무진 편이라고 생각했지만, 이제는 급격히 성장해 어른이 된 것처럼 보였다.

아무튼 잘됐다, 잘됐어. 나는 그렇게 생각하면서 옆을 봤는데, 아오이가 얼빠진 표정으로 살짝 입을 벌리고 있었다.

"아오이…… 아오이?"

"어, 왜?"

"아카호리 말이야. 잘됐지?"

"아, 응…… 그러게."

아오이는 그날 그 후로는 계속 멍한 상태였다.

종업식

1학기 종업식 날. 여름방학이 오자 모두 들떠 있었다.

친구들은 다들 집에 돌아갔고, 나는 아오이의 볼일이 끝날 때까지 혼자 기다리고 있었다.

교실에는 나 말고도 여자들 몇 명이 남아 있었다. 그들은 좀 떨어진 자리에서 이야기를 나누고 있었다.

"아, 난 됐어. 남자 친구 생겼으니까 다른 남자랑은 안 놀기로 했거든."

"뭐—?"

"카야찡도 이제는 애인이 있는 거야—? 흑흑, 외로워.
싫어~."

"그래, 그래."

"카야는 내 건데~."

"미나, 너하고도 같이 놀 거야. 멤버 중에 남자가 있으면
사양할 거지만."

"뭐야—, 너무 **빡빡한** 거 아냐?"

"내 남자 친구가 나한테 뭐라고 한 것은 아니지만…….
괜히 오해받으면 귀찮고 싫잖아? 나는 남자 친구가 생기
면, 다른 남자와는 관계를 끊는 타입이야."

"우와—, 고지식해."

"아니, 하지만 그렇게 하지 않으면 내가 당당하게 말을
할 수가 없잖아? 난 상대를 마구 속박하는 타입이거든. 여
차할 때 나의 약점이 될지도 모르는 카드는, 가지고 있고
싶지 않아."

그런 목소리가 들렸다.

나는 얼른 손에 들고 있는 스마트폰 게임에 다시 집중했
다. 그런데 그들은 그 후에도 계속 이야기를 하다가, 중간
에 나한테도 말을 걸었다.

"어? 스쿠네가 있었네. 저기—, 스쿠네."

"왜?"

"와, 스쿠네가 대답을 했어."

"저기요, 저도 대답 정도는 하거든요……?"

"아니, 넌 1학년 때는 철저하게 무시했잖아!"

"그랬나?"

"넌 어떻게 생각해? 만약에 여자 친구가 다른 남자와 친하게 지낸다면 어떨 것 같아?"

"…………몰라."

"역시 넌 사교성이란 게 없구나……."

"없어서 미안하다."

어쩐지 귀찮은 이야기에 말려들 것 같아서 나는 그냥 교실에서 나가기로 했다.

가방을 들고 문 밖으로 나갔더니 복도에 아오이가 있었다. 넋이 나간 모습이었다.

"어? 아오이. 왔으면………… 너 왜 그래?"

아오이는 멍하니 그 자리에 서 있었다.

"저기요—, 아오이 씨?"

손을 들어서 그 눈앞에 대고 살살 흔들어봤다. 그러자 퍼뜩 정신을 차린 것처럼 아오이는 이쪽을 똑바로 봤다.

"아, 미안. 수면 부족이라 넋을 놓고 있었어……. 집에 가자."

"너 괜찮아? 또 소설 때문이야?"

"아니…… 게임 때문일걸."

평소 같으면 어떤 게임을 했는지 설명까지 해줬을 텐데, 정말로 수면 부족인지 아오이는 말이 없었다.

승강구 밖으로 나가자, 이미 한여름이라고 생각할 수밖에 없는 태양의 직사광선이 대활약을 하고 있었다.

"으아아, 더워……. 난 올여름에 무사히 살아남을 수 있을까."

더위에 대해 투덜거리면서 교문을 빠져나갔다. 그리고 평소와 같이 집으로 가는 길을 걸었다. 그런데 갑자기 아오이가 내 손을 꽉 붙잡았다. 깜짝 놀라 그 얼굴을 봤다.

"유우, 이제는 여자하고도 웬만큼 대화할 수 있게 됐구나?"

"아니, 난 대화를 했다고 생각하진 않는데……."

그 여자애들과는 성향이 맞지 않았다. 나의 위기관리 센서가 '얽히면 안 된다'라고 경고하듯이 반응했었다.

"아까 그 이야기. 유우, 넌 어떻게 생각해?"

"응? 아까 그 이야기라니, 뭔데?"

"애인이 생기면 친구와는 관계를 끊는다는 거."

"아…… 그 이야기?"

어째 안 들어온다 싶더니, 복도에서 몰래 이야기를 듣고 있었나 보다.

"하기야 애인이 생기면 다른 친구들하고는 잘 어울려 놀지 않게 되는 녀석도 가끔은 있지만…… 헤어지면 또 아무렇지도 않게 돌아와서 같이 놀기도 하니까. 신경 써본 적은 없어."

"그건 동성 친구 이야기잖아?"

"응. 이성 친구는 너와 유타밖에 없으니까…… 잘 모르겠어."

아오이는 입을 다물었다. 그러다가 눈앞에 있는 신호가 파란색으로 변하자, 다시 입을 열고 우물우물 말했다.

"저기…… 유우, 네가 다른 반 여자애한테 밸런타인데이 초콜릿을 받았다는…… 소문을, 좀 전에 들었어."

오래된 사건이 뒤늦게 불쑥 튀어나와서 나는 깜짝 놀랐다.

"응? 아, 그거? 그건 모르는 사람이라, 무서워서 안 받고 돌려줬는데……."

"유우, 너는 여자 친구…… 사귀고 싶다는 생각은 안 해봤어?"

"아니, 난 아직은 무리야."

최근에는 나의 여성 불신 증상은 많이 완화된 느낌이 들었다.

꾸준히 아오이와 함께 시간을 보내다 보니 어느덧 '남자와 여자로 구별했던 세계'에 절친이라는 카테고리가 추가됐고, 그것들이 서서히 섞이기 시작한 것 같았다.

절친으로서 나에게 크나큰 호의를 보여주는 아오이는 물론이고, 친구로서 적당히 거리를 두면서도 인간 대 인간으로 나를 존중해주는 유타나 타카기처럼, 성별 따위에는 별로 신경 쓰지 않고 대해주는 녀석이 있다는 것도 영향을 준 걸지도 모른다. 그러고 보니 나는 얼마 전에 문득 깨달았다. 어느새 내가 편의점에서 일하는 여직원의 얼굴을 쳐다볼 수 있게 되었다는 사실을.

그래서 내가 지난겨울에 조건반사적으로 거절했던 그 밸런타인데이 초콜릿을 주려고 했던 여자에 대해서도, 최근에는 그게 악의는 아니었을 거라고 해석해서 조금 미안함을 느끼기도 했다.

하지만 아무리 그래도 연애 대상으로서 대할 수 있느냐 하면, 그것은 별개의 문제였다.

아마도 나는 이제 겨우 여자를 인간으로서 대할 수 있는 수준에 다다랐을 것이다. 이성으로서 대하는 것은 아직 힘들 거라고 생각한다.

연애란 것은 남녀의 차이를 뚜렷이 보여주는 관계성이다. 이해득실을 따지지 않는 친구 관계에 비하면 그것은 타산적인 측면이 강한 것처럼 느껴졌다. 그런 방면에서 여자는 역시 정체를 알 수 없는 존재였다. 지금은 이렇게 여자에 대한 거부감이 줄어들었기 때문에 오히려 연애란 것은 피하고 싶었다. 평범한 인간으로서 대할 때는, 이상한 피해의식도 생겨날 가능성이 작으니까.

"여자는 무슨 생각을 하는지 모르겠는걸……."

"나는?"

"아오이, 너는 절친이니까…… 소위 여자랑은 달라."

무슨 생각을 하는지도 의외로 알기 쉬웠고, 실제로 이제는 알 수 있게 되었다.

"나, 나도……."

"응?"

"나도, 남자 친구 같은 거, 필요 없어……!"

"아니, 그래도 너는……."

굳이 절친한테 신경 쓸 필요 없이 마음껏 연애를……이라고 딱 한순간 표면적으로 생각을 했는데, 상상해봤더니 기분이 좋지 않았으므로 그 말을 입 밖에 내지는 않았다.

절친에게 애인이 생긴다면…… 그건 무척, 굉장히 싫을지도 모른다.

아까 관측한 결과에 의하면 이것은 여자 친구들 사이에서는 흔히 있는 현상인가 본데, 우리도 마찬가지인 걸까. 나는 깊이 생각하지 않기로 했다.

야부사메

고등학교 2학년 여름방학은 작년처럼 연일 더웠다.

무사히 기말고사를 해치우고 보충수업을 회피한 나는 일주일의 절반 정도를 아르바이트로 바쁘게 보냈다.

작년에는 전반 2주일 동안에 몰아서 아르바이트를 하고 그 후에는 일을 안 하는 스타일이었다. 올해는 주 4일로 여름방학이 끝날 때까지 꾸준히 근무하는 스케줄을 짜놓았다.

아르바이트하는 곳은 우리 집에서 좀 멀리 떨어진 도심부의 역에 있는 영화관이었다.

스피커를 살 돈도 필요했고, 또 아오이가 보태줬던 프로젝터 값의 일부도 빨리 돈을 벌어서 돌려주고 싶었다. 실은 여름방학이 끝난 후에도 근무 일수는 좀 줄이더라도 아르바이트는 계속할 생각이었다.

그래도 틈틈이 친구와 같이 놀기도 했다.

오늘은 아오이가 일하러 가서 집에 없었다. 그래서 나는 애니메이션 마니아인 야부사메를 우리 집에 불러 같이 놀고 있었다. 무엇을 하고 있느냐 하면, 야부사메가 가져온 애니메이션 영화를 내 방의 스크린에 틀어놓고 있을 뿐이었다.

애니메이션 마니아 중에서도 야부사메는 좀 어려운 작품을 좋아하는 편이었다.

그림체가 귀여운 작품은 많이 있지만, 그 내용을 보면 여자애들이 평범한 일상을 보내는 것보다는 SF나 액션 요소가 있는 것이 대부분이었다.

야부사메는 틀어놓은 영화를 보면서 이 장면은 누구 씨가 작화 감독을 맡았다, 이 장면은 유명한 고전 애니메이션의 오마주이다, 뭐 이런 식으로 간간이 말수는 적어도 즐겁게 해설을 해줬다. 나는 그 이야기 자체도 재미있게 들었고, 또 정말로 애니메이션을 좋아하는구나 하고 감탄하기도 했다.

영화가 끝나자 야부사메가 한마디 중얼거렸다.

"유우, 넌 예전에 배급과 관련된 일을 하고 싶다고 했었지⋯⋯?"

야부사메가 말한 것은 그거였다. 예전에 잡담하는 도중에 슬쩍 말해봤던 내 장래희망에 관한 이야기.

"응, 맞아. 아직 그렇게까지 구체적인 꿈은 아니지만. 희망하는 직업 중 하나야."

"⋯⋯나는 무조건 제작과 관련된 일을 하고 싶은데."

갑작스러운 고백에 나는 반사적으로 그의 얼굴을 쳐다봤다. 평소에도 표정이 거의 없는 그의 얼굴에서는 딱히 변화를 찾아볼 수 없었다.

"애니메이션 관계자라고 하면 애니메이터, 제작 진행, 각본, 3D, 아, CG도 있고, 뭐 이것저것 많이 있는데. 네 목표는 뭐야?"

그렇게 물어보면서 내 나름대로 예상해봤다.

야부사메는 그림을 잘 그렸다. 쉬는 시간은 물론이고 심지어 수업 시간에도 자주 노트에 쓱쓱 그림을 그리곤 했다. 요즘 유행하는 스타일은 아니지만, 선을 많이 사용하는 그 치밀한 그림체는 같은 세대 사람 중에서는 독보적으로 훌륭했다.

그는 친구가 아닌 누군가가 가까이 다가오면 얼른 그림을 숨겨버렸다. 그래서 그의 그림 실력은 널리 알려지진 않았지만, 친구들 사이에서는 공공연한 비밀이었다. 나는 그 정보를 바탕으로 단순하게 애니메이터인가? 하고 추측해봤다.

야부사메는 휴 하고 살짝 숨을 내쉬었다. 그리고 그답지 않게 긴장한 얼굴로 나를 쏘아봤다.

"……웃으면 안 돼."

"응."

"감독이야."

"오…… 굉장한데."

"그냥 말만 해본 거잖아. 굉장하긴 뭐가 굉장해……."

"아니, 진지하게 그런 말을 하는 것 자체도 용기가 필요한 일이잖아? 굉장한 거야."

자기 분수에 맞지 않는다고 느껴지는 꿈을 태연하게 입 밖에 내어 말하는 타입의 인간은 있다.

그러나 진지하게 생각을 하면 할수록 부끄러움이나 두

려움이 생겨서 좀처럼 자기 입으로는 확실히 말하지 못하는 타입의 인간도 있다. 만만찮은 현실과 자신의 현재 위치를 잘 아는 사람일수록 그렇게 되기에 십상이다.

야부사메는 아직은 아무것도 아니다.

하지만 정보가 흘러넘치는 이 시대에 그가 아무것도 모를 리는 없었다. 그런 상태에서 그가 그 말을 입 밖에 냈다는 것은, 내가 보기에는 충분히 멋있는 행동이었다.

"난 말이지…… 여름방학 때 1분쯤 되는 애니메이션을 만들어 인터넷에 올려보기로 했어. 그래서 준비했는데……."

"우와…… 그거, 힘들지 않아?"

"물론 나 혼자니까 시간과 노력이 들긴 하지만, 방법 자체는 그렇게까지 복잡하지도 않고 돈도 별로 안 들어."

"흐음……."

"뭐, 처음에는 아무도 안 봐줄 테지만…… 유우. 혹시 괜찮다면, 봐주지 않을래?"

"응, 당연히 봐야지."

"고마워."

눈앞에 있는 남자는 아직은 아무것도 아니다.

어쩌면 앞으로도 그가 목표로 하는 존재가 되지는 못할 가능성도 있다. 그것은 무섭지만 엄연한 현실이었다.

그러나 야부사메의 그 조용한 결심을 본 나는, 언젠가는 찾아올 위대한 순간의 전야에 참가한 것 같은 기분 좋은 감각을 느꼈다.

동급생들을 봐도 실컷 입으로만 떠들어대는 녀석들은 얼마든지 있다. 그런 녀석은 언동이 가벼운 편이다. 스포츠나 예술 같은 분야에서 뭔가를 해내는 녀석은, 묘한 분위기가 있다고 생각한다. 적어도 야부사메에게는 그런 분위기가 있었다.

"굳이 남한테는 말할 필요도 없다고 생각했는데…… 역시 말하길 잘했어."

"응? 왜?"

"글쎄. 어쩐지 자신의 목표를 머리로만 생각하는 것이 아니라, 진지하게 들어주는 사람 앞에서 분명하게 선언하는 것은 중요하다는 느낌이 들어."

하기야 야부사메는 기본적으로는 말없이 행동하는 타입이니까, 이번 일은 좀 의외이기는 했다.

현관에서 나갈 때 우연히 밖에 있던 아오이와 딱 마주쳤다.

내 예상보다 더 일찍 일이 끝났나 보다. 아오이와 같이 산다는 것은 아카호리, 유타에게만 공개한 비밀이었다.

"앗……."

아오이가 작은 소리를 내더니 몸을 돌리려고 했다. 그때 야부사메가 불러 세웠다.

"츠키시로, 괜찮아. 난 이제 집에 갈 거니까."

그러더니 얼른 역이 있는 방향으로 걸어갔다.

"앗, 야부사메, 잠깐만……."

일단 설명하려고 그 뒤를 쫓아갔다.

같은 반 학생들에게는 숨겼지만, 친한 친구들에게는 단순히 말하지 않았을 뿐이지 일부러 숨긴 것은 아니었다.

"아오…… 아니, 츠키시로는 작년부터 우리 집에서 하숙하고 있었어."

"아, 그래서 그랬구나……."

뭔가 수상하게 느껴졌던 행동이 이제야 이해가 갔는지, 야부사메는 살짝 고개를 끄덕였다.

"글쎄…… 그 문제는 나하고는 상관없으니까. 아무한테도 말은 안 할 거야."

나는 우리 집에서 가장 가까운 신호등 앞에서 야부사메와 헤어졌다.

누군가가 미래를 위해 노력하는 모습을 보는 것은 기분 좋은 일이었다. 나는 마치 성공 체험 스토리의 영화를 보고 성공을 간접 체험한 것처럼 은근히 기분이 고양되어 있었다.

그런데 문득 정신이 들었을 때는 저절로 나 자신의 처지가 생각났다. 그 부분에서는 마음이 좀 가라앉는 느낌이었다. 하고 싶은 일이 확실하게 있는 야부사메가 조금 부러웠다.

집에 돌아가자, 식당에 앉아 있던 아오이가 일어났다.

"괜찮아?"

"응. 야부사메는 여기저기서 떠들고 다닐 타입은 아니니까. 애초에 절대로 비밀을 들키고 싶지 않은 녀석을 우리 집으로 초대하지는 않아."

"아, 그렇구나."

아오이는 숨을 크게 내쉬더니 자기 방으로 돌아갔다.

동물원

아오이는 최근에는 늘 정신이 좀 멍해 보였다. 언제부터인가 하면, 정확히 유타가 우리와 '상담'을 했던 그날부터였을 거다.

문득 생각에 잠기는 일이 잦았고, 왠지 모르게 기운이 없어 보였다.

그날도 저녁 식사 후에 아오이는 계속 식탁 앞에 앉은 채 머그컵 손잡이를 손가락으로 만지작거리고 있었다.

나는 맞은편 의자에 앉아서 스마트폰으로 내가 좋아하는 영화 감독의 인터뷰 기사를 보고 있었다.

그러다 고개를 들었을 때 좀 놀랐다. 아오이의 자세가 약 10분 전과 똑같았기 때문이다.

"아오이, 뭐 해?"

"뭐 하긴……. 홍차를 우려내서……."

아오이는 그렇게 대답하더니 머그컵을 봤다. 그 안에는 여전히 홍차가 가득 들어 있었다. 아마도 이미 다 식었을 것이다.

"……저기, 혹시 기운이 없어?"

"응? 그건…… 아닌데."

말똥말똥 그 얼굴을 들여다봤다.

아오이는 멍하니 나와 눈을 맞추다가, 헉 하고 놀란 것처럼 눈을 크게 뜨더니 서서히 얼굴을 붉혔다.

"아니, 역시 상태가 좀 안 좋은가 봐……. 방으로 갈게."

아오이는 벌떡 일어나더니 허둥지둥 자기 방으로 돌아갔다. 걱정이 된다.

그때 그 모습을 부엌에서 곁눈질로 보고 있던 어머니가 불쑥 끼어들었다.

"아오이가 요새 밥도 잘 안 먹고 기운이 없네. 무슨 일 있니?"

"글쎄, 난 잘 모르겠는데……."

나 말고 다른 사람이 보기에도 역시 아오이는 기운이 없는가 보다.

"학교생활 쪽은 짚이는 것이 없고, 혹시 있더라도 지금은 방학 중이니까. 어쩌면 일하는 곳에서 무슨 문제가 있었던 게 아닐까."

"어머나? 아니, 일은 잘하고 있는 것 같던데. 얼마 전에도 평소와는 다른 잡지의 의뢰를 받았다고 했고, 특별히 싫은 일도 없다고 했어."

그렇다면 더 이상은 짚이는 것이 없었다.

어머니가 천장을 쳐다보면서 "아, 알았다" 하고 중얼거렸다.

"응? 뭔 것 같은데?"

"아오이는 부모님과 헤어진 지 벌써 1년이 넘었잖아? 부모님이 해외에 있으니까 향수병이라고 하기는 좀 그럴지도 모르지만…… 외로워진 게 아닐까? 응, 틀림없이 그런 걸 거야."

"이제 와서……?"

그야말로 부모님의, 부모님다운 사고방식이었다.

외로워지는 것은 기껏해야 반년 후 정도가 아닐까.

턱에 손을 대고 자신만만한 얼굴로 혼자 납득하고 있는 어머니. 나는 그런 어머니를 놔두고 식당에서 나왔다.

아무튼 절친이 기운이 없다니까 어떻게든 도와주고 싶었다.

방 앞에 가서 문을 똑똑 두드리자, 아오이가 여전히 멍한 얼굴로 문을 열었다.

"유우? 무슨 일이야."

"저기, 우리 둘이서 어디 놀러 가지 않을래?"

"뭐? 갈래."

아오이는 한 번 눈을 크게 뜨더니 즉시 그렇게 대답했다.

"가고 싶어. 언제 가? 내일?"

"난 내일도 괜찮은데…… 너는 몸 상태가 안 좋다고 하지 않았어?"

"괜찮아! 그럼 내일 가자! 그런데 유우, 네가 먼저 놀러 가자고 말하다니 신기하다. 어디로 갈까?"

순식간에 웃는 얼굴로 변한 아오이는 굉장히 기뻐하고 있었다. 무사히 기운을 차린 것이다. 다행이다.

"아오이, 넌 어딘가 가고 싶은 곳이 있어? 아니면 사고 싶은 물건도 좋고."

"으음…… 아, 동물원에 가고 싶어."

"여기서 제일 가까운 곳?"

"응. 중학교 때 친구들 여러 명과 함께 갔는데…… 그때 자기 마음대로 남자를 부른 여자애가 있어서, 왠지 엄청나게…… 어, 아무튼 이런저런 일이 있어서. 불쾌한 추억이 되었어."

아오이는 미간을 찌푸리고 씁쓸한 표정으로 말했다.

"아니, 그런데 왜 하필이면 그런 곳에……?"

"나는 동물원 자체는 좋아하거든. 유우, 너와 같이 가서 즐거운 추억으로 과거를 덮어버리고 싶어."

"알았어. 그럼 내일은 동물원에 가자."

"오케이. 뭐 입고 갈까~. 고민이네."

다음 날 아침에 아오이는 평소보다 기운이 넘쳐 보였다.

이 옷과 저 옷 중에서 뭐가 더 나은지 물어보러 오더니, 거울을 보면서 역시 둘 다 관둘래 하고 말하고 자기 방으로 돌아갔다. 결국 길이가 짧은 멜빵바지 같은 옷을 입었는데, 이번에는 머리 모양 때문에 고민하기 시작했다. 그러는 사이에도 내내 생글생글 웃고 있었다.

"다녀오겠습니다—!"

그 시점에서 부모님은 이미 일하러 가서 집에는 아무도 없었는데, 그런 집을 향해 기운차게 인사를 하는 아오이는 무척 명랑해 보였다.

역에 도착하자 아오이가 역 안에 입점한 잡화점을 구경하고 싶다고 했다. 그래서 먼저 그쪽에 들렀다. 굳이 서둘러 가야 할 필요도 없으니까.

그런데 주로 여자들을 타깃으로 한 잡화점은, 코너의 절반 정도는 화장품과 그에 준하는 정체불명의 크림이나 헤어 액세서리 같은 장식품 등으로 채워져 있었다. 솔직히 말하자면 거의 구경할 것이 없었다. 가게 안에 있는 것 자체가 불편할 정도였다.

나는 일찌감치 밖으로 나와서 역 통로에 있는 10엔 만쥬

출장 판매소를 처다보고 있었다.

얼마 전에 봤을 때는 롤케이크 가게였는데. 대체 어떤 시스템으로 저 자리에 오게 되는 걸까.

그렇게 쓸데없는 생각을 하다가 문득 잡화점 안으로 시선을 돌렸더니, 아오이가 멈춰 서서 꼼짝도 안 하고 있었다. 눈앞에 있는 상품을 보고 있는 줄 알았는데, 눈의 초점이 맞지 않았다. 멍하니 서 있는 것 같았다.

그때 어딘가에서 쑥 튀어나온 경박한 남자가 잽싸게 아오이에게 다가가 수다쟁이 쇼호스트처럼 "네~ 안녕하세요~" 하고 말을 걸었다.

아니, 실은 그 목소리는 들리지 않았으므로 "네~ 안녕하세요~"란 것은 내 머릿속에서 추가된 음성에 불과했다. 하지만 대충 그런 느낌이었다.

경박한 남자가 가게에 들어가 아오이를 인식한 뒤 접근하기까지 걸린 시간은 몇 초. 눈 깜짝할 사이에 일어난 일이었다.

미소녀의 흡인력이 굉장한 건지, 아니면 경박한 남자의 스피드가 빠른 건지. 어쨌든 나도 서둘러 그쪽으로 갔다.

"실례합니다. 저희는 바쁘거든요."

적당히 그런 말을 하고 아오이의 어깨를 밀면서 그곳을 떠나려고 했다. 그런데 아오이가 제대로 움직이지 않았다. 나는 그 손을 잡아끌었다.

그대로 잠시 걷고 있었는데, 아오이가 머뭇거리면서 나에게 말했다.

"저, 저기…… 유우……."

"응? 왜?"

"손……."

"뭐? 손? 아……."

계속 잡고 있던 손이 천천히 떨어졌다. 언제나 아오이가 먼저 아무렇지도 않게 손을 잡았으니까, 갑자기 이런 반응을 보이는 것이 조금 의외였다.

그나저나 방금 잡았던 손이 유난히 뜨거웠던 것이 마음에 걸렸다. 얼굴을 보니 표정이 멍하고 좀 붉어 보였다.

개찰구 앞까지 와서 멈춰 섰다.

"아오이, 혹시 열 있는 거 아냐? 얼굴이 빨개."

"…………열은 없어."

아오이가 얼굴을 휙 반대쪽으로 돌렸다.

나는 잠깐 망설이다가 손을 내밀어 아오이의 이마를 만져봤다.

아오이의 움직임이 딱 멈췄다. 어리둥절한 표정으로 눈알만 굴려서 자기 이마 쪽을 쳐다봤다.

실은 거의 해본 적이 없었으므로, 과연 이런 짓을 한다고 알 수 있을까? 하고 반신반의했다. 그런데 확실히 알 수 있었다.

"아오이, 너 이마가 엄청 뜨거워……!"

"어…… 정말?"

"이 정도면 고기도 구울 수 있겠어."

"고기라니, 갈비? 안창살?"

"대답의 상태를 보아하니…… 머리도 이상해진 것 같네!
돌아가자."

"뭐? 모처럼 여기까지 왔는데…… 싫어!"

"싫다고……? 아니, 너 열이 난다니까?"

"싫어. 열 안 나. 가자."

그다지 즐기는 것 같지도 않았으면서, 상대는 갑자기 맹
렬하게 반대했다.

하지만 열이 나는 사람을 동물원에 데려가 이리저리 끌
고 다닌다는 것은 생각만 해도 즐거울 리 없었다.

아오이의 투덜거리는 소리를 들으면서도 결국 집으로
돌아갔다.

"우선 침대로 가자."

집에 도착하자마자 아오이를 자기 방 침대에 데려가 눕
혔다.

그런데 내가 일단 안심하고 체온계를 찾으러 갔다가 돌
아왔더니, 아오이는 일어나 있었다.

"앗, 아오이! 너 왜 일어났어?!"

"누울게, 눕는다고…… 어휴, 잔소리가 심하네. 그런데

그 전에 세수해서 화장은 지우고 싶고, 옷도 갈아입고 싶단 말이야!"

아오이는 마치 어린아이처럼 반항하면서 화난 말투로 말했다. 하지만 그 내용은 지당했으므로 나는 수긍했다.

아오이가 욕실에서 세수하고 옷을 갈아입는 동안에 나는 편의점에 가서 스포츠음료를 사 왔다.

내가 집에 돌아오자 아오이는 착하게 침대에 누워 있었다. 체온계로 체온을 재봤더니 역시 열이 있었다.

"추워……."

"내가 이불을 하나 더 가져올게."

벽장 속에 예비 이불이 있을 줄 알았는데, 찾아봐도 보이지 않았으므로 내 방에 가서 이불을 가져와 아오이 위에 덮어줬다.

아오이의 뺨은 열 때문인지 붉어졌고 눈은 촉촉해졌다. 어쩐지 울 것 같은 표정이었다.

그런 표정으로 계속 투덜거리면서 화를 내고 있었다.

"흥, 뭐야. 모처럼 유우의 제안으로 놀러 가게 되었는데…… 억지로 집에 돌려보내다니…… 유우, 너무해."

아오이는 혼란을 틈타 말도 안 되는 이유로 나를 매도했다.

"모처럼…… 모처럼………… 윽…… 으흑, 윽."

빨간 얼굴을 하고 몽롱해진 시선으로 천장을 보면서 투

덜투덜 이야기하던 아오이는 도중에 갑자기 어린애처럼 훌쩍훌쩍 울기 시작했다.

이렇게 되니까 계속 여기 있어도 될지, 아니면 방에서 나가야 할지 헷갈렸다.

나는 침대 가장자리에 책상다리를 하고 앉아 있었다. 거기서 몸을 일으키려고 했는데, 아오이가 날카로운 목소리로 "어디 가?" 하고 불러 세웠기 때문에 나는 도로 앉았다.

아오이는 내가 다시 앉은 것을 확인하고 나서 새삼스레 또 훌쩍훌쩍 울기 시작했다.

"흑흑…… 모처럼 예쁜 옷을 골라 입고…… 밖에 나갔는데……."

가벼운 기시감을 느꼈다.

아오이가 이런 식으로 우는 모습은 초등학교 시절에 몇 번 본 적이 있었다.

대체로 "친구한테 그런 말을 해버렸어, 어쩌지? 날 싫어할지도 몰라" 또는 "자리를 바꿨는데 기가 세 보이는 여자애 뒷자리가 되었어" 등등, 극히 사소한 문제가 발단이었다. 참 오랜만에 봤다. 설마 고등학생이 되어서 이런 모습을 보게 될 줄은 몰랐다.

"도웅무울워언…… 가고 싶었는데……."

"다음에 가면 되잖아."

"하지만 내가…… 모처럼 그렇게, 노력해서 친구가 되었는데…… 엄청나게…… 유우가…… 싫어해서…….”

"……처음에는 내가 기분 나쁘게 굴었지. 미안해…….
잘못했어.”

"나는…… 친구는, 유우밖에 없는데…….”

"유타도 있잖아.”

"초등학교 시절에는 사쿠라는 없었으니까…….”

"아니, 지금 우리는 고등학생이잖아? 게다가 초등학교
시절에도…….”

"나와 같이 놀면서 즐거워해주는 사람은…… 유우밖에
없는걸……. 나와 같이 놀아도, 다들 재미없다고 생각하니
까…… 으흑, 훌쩍.”

"아니, 그건 아닐 것 같은데…….”

상식적으로 생각해본다면 아오이와 친해지고 싶어 하는
사람은, 나와 친해지고 싶어 하는 사람보다 두 배 이상은
될 것이다.

"도, 도옹무러어헝…… 으흑…… 유우, 너무해…….”

"미안하다니까.”

"유우…….”

"네.”

"손잡아줘.”

"네.”

아까는 좀 싫어했으면서…… 나는 그런 생각을 하면서

도 고분고분 아오이의 손을 잡았다. 가냘프고 하얗고 작은 손은 불타는 것처럼 뜨거웠다.

"유우."

"네."

"유우, 너는…… 내 절친이야?"

"응."

"흐어엉……."

"왜 이 타이밍에 우는 거야……?"

"유우……."

"왜?"

"조금만…… 나 안아줘 봐……."

"응……? 아니, 왜 갑자기."

"흐…… 흐어엉, 시, 싫으면……."

"아, 알았어. 할게요! 한다고요!"

침대 위에 무릎을 꿇고 살며시 손을 내밀었다. 그리고 아오이의 상반신을 끌어안는 포즈를 취했다.

"이건 그냥 손만 올려놓은 거잖아! 유우, 넌 항상 이래!"

오늘따라 유난히 지적이 심했다. 나는 힘차게 꽉 끌어안 았다.

"흐읍! 자, 이건 어때……?!"

"……으응, 좀 답답해."

힘 조절이 어렵네…….

아오이의 몸은 몹시 뜨거웠다.

"유우, 너는…… 그동안 좋아하는 여자애, 없었어?"

"……없었어."

"아, 그래?! 응, 알고 있었어!"

"왜 화를 내는 건데……."

"나도…… 없었거든."

"응, 그래……. 뭔지는 몰라도, 아무튼 넌 이제 자는 게
좋겠다."

"유우는 원래 그랬잖아……. 초등학교 3학년 때도……
이동 수업을 마치고 돌아온 다음에…… 으흑…… 유우
가…… 먼저 뛰어가 버려서, 어디 갔는지 몰라서, 나는 집
에 돌아가서……."

"뭐? 그건 언제 있었던 일이야?"

아오이가 나한테 매달린 채, 기억도 안 나는 에피소드로
규탄하는 바람에 나는 당황했다.

"기억이 안 나? 그럼 됐어……. 이거 놔."

"아, 네. 실례했습니다……."

열이 나면 정신적으로 약해지는 것이리라. 아오이는 훌
쩍훌쩍 코를 훌쩍이면서 여전히 현재와 과거가 뒤섞인 맥
락 없는 이야기를 쏟아내면서 흐느껴 울고 있었는데, 이윽
고 배터리가 방전된 것처럼 기절하듯이 잠들었다.

문득 교실에서 조용히 문고본을 읽고 있는 아오이의 모

습이 떠올랐다.

커튼을 흔들면서 들어온 산들바람에 머리카락이 살랑거리는데, 그래도 아오이의 시선은 똑바로 책에 꽂혀 있었다.

아오이는 교실에서는 혼자 나이가 많은 어른처럼 성숙하다는 소리를 들었다. 사소한 일로는 동요하지 않고, 언제나 냉정하고 침착한 표정을 짓고 있었다.

그런데 다시 현실을 보면, 아오이는 붉어진 뺨에 눈물 자국을 남긴 채 어린아이 같은 얼굴로 잠들어 있었다.

나는 부모님이 이야기했던 향수병이란 단어에 대해서는 회의적이었다.

하지만 그것과는 별개로, 오늘 아오이는 그야말로 위태로운 열여섯 살 소녀처럼 보였다.

초등학교 시절의 소심한 아오는 아마도 그 모습 그대로 아오이의 마음속에 숨어 있는 것이리라.

츠키시로 아오이는 실제로는 전혀 냉정하지 않은 것이다.

수영장

다음 날, 무사히 아오이의 열은 내렸다.

감기인가 했더니 그건 또 아닌 것 같고, 가벼운 열사병 또는 스트레스성 발열이었다는 것이 어머니의 의견이었다.

그런데 열은 내렸지만, 변함없이 이따금 넋을 놓고 있

는 등, 지금도 상태는 이상했다.

무심코 그쪽을 봤더니 아오이는 식탁 앞에서 포크에 파스타를 둘둘 말아놓고 멍하니 아무 데나 쳐다보고 있었다. 완전히 우수에 찬 미소녀가 되어버렸구나.

상담이나 해보려고 아카호리에게 전화해봤더니, 그 녀석의 목소리는 화가 날 정도로 쾌활하고 밝았다.

"흠, 흐음. 츠키시로가 기운이 없단 말이지?!"

"응. 뭔가 좀 이상하다니까—."

"그럼 놀러 가자고 해보지 그래?!"

"이미 해봤어. 그때는 아오이도 기뻐했는데…… 열이 나서 결국 못 갔어."

"그럼 넷이서 다 함께 수영장에 가자!"

"그냥 네가 가고 싶어서 그러는 거잖아……."

"하하하. 사쿠라한테는 내가 말해볼게!"

어느새 유타가 아니라 사쿠라라고 부르고 있고…… 무지무지 기분이 좋아 보였다. 잘됐구나 하고 생각하면서도 또 한편으로는 은근히 짜증이 났다…….

어쨌든 아카호리의 조언을 들은 나는 또다시 아오이의 방 앞에 서게 되었다.

"아오이, 안에 있어?"

방문을 똑똑 두드리자 문이 살짝 열리더니 그 안에서 우물거리는 목소리가 들려왔다.

"수영장?"

"응. 아카호리와 유타도 같이 갈 건데……. 아오이, 너 왠지 전보다 더 어두워진 것 같다?"

"아니야. ……갈래. 언제 가?"

아오이는 어쩐지 거칠어진 듯한 목소리로 대꾸했지만, 그래도 금방 승낙을 해줬다.

"응? 아, 금요일이 좋을 것 같다는 이야기는 했었는데."

"응……. 알았어."

그리고 즉시 전화를 걸더니 유령 같은 목소리로 "사쿠라…… 새 수영복……"이라고 중얼거리기 시작했다. 기운이 없는 건지, 아니면 의외로 의욕이 있는 건지 잘 모르겠다.

아카호리가 추천해줘서 놀러 간 장소는 대형 워터 슬라이드로 유명한 수영장이었다.

평일 오전에 갔으므로 그리 심하게 북적거리진 않았지만, 그래도 한창 성수기였다. 이미 많은 선객들이 와 있었다.

아카호리와 함께 탈의실에서 나와 적당한 장소를 확보해놓고 아오이와 유타가 오기를 기다렸다. 그런데 두 사람은 좀처럼 나오지 않았다. 10분쯤 거기서 기다렸지만, 여전히 그들은 나오지 않았다.

"……너무 늦네."

"내가 한번 전화해볼게."

아카호리가 가볍게 스마트폰을 꺼내 들었다. 저장된 연락처 이름이 언뜻 보였는데 '사쿠라♡'라고 되어 있었다. 그래, 제정신이 아니구나.

아카호리는 스마트폰에 대고 쓸데없이 달콤한 목소리로 "무슨 일 있어?"라고 물어봤다. 그 후 나를 보면서 말했다. 아마도 유타의 말을 복창하는 듯했다.

"아…… 어, 응……? 츠키시로가?"

아카호리가 여전히 나를 보면서 미간을 찌푸리고 말을 이었다.

"……부끄러워하면서, 나오지 않는다고……?"

응?

츠키시로가, 부끄러워하면서, 나오지 않는다.

그게 뭐야. 5-7-5로 된 짧은 시인가. 아니, 잘 세어보니 전혀 5-7-5가 아니었다.

통화를 끝낸 아카호리가 뜨거운 햇살을 쏘아대는 하늘을 우러러봤다.

"이거 확실히 이상하네……. 츠키시로가 왜 저렇게 됐지?"

아카호리는 하늘에 시선을 고정한 채 생각에 잠겼다.

그로부터 약 5분이나 지났을 때 드디어 아오이가 유타에게 등 떠밀려 밖으로 나왔다.

우리 눈앞까지 비틀비틀 걸어온 아오이는 위에는 얇은 겉옷을 껴입고 앞 지퍼를 꽉 잠그고 있었다.

유타는 작년과 같은 수영복이었다. 이미 한 번 보여줬기 때문인지, 아니면 아오이가 걱정돼서 그쪽에 정신이 팔렸기 때문인지 수영복 차림을 당당히 보여주고 있었다. 작년에는 유타가 좀 부끄러워했었는데. 이번에는 반대였다.

아오이는 이상하리만치 머뭇머뭇하면서 꼼지락거렸다.

"아니, 그게…… 왜, 왠지, 부끄러워서."

그렇게 필사적으로 숨기니까 오히려 신경 쓰였다. 무슨 일이라도 있는 걸까.

어디 다치기라도 한 걸까. 지난 며칠 사이에 엄청나게 살이 찌기라도 한 걸까. 아니면 굉장히 아슬아슬한 디자인의 수영복이라도 입은 걸까.

그런데 지금은 한여름이었다.

뜨겁게 달궈진 풀 사이드에서는 겉옷을 걸치고 있는 사람은 없었다. 모두 도망치듯이 물속에 들어가 있었다.

이마에 땀이 난 유타가 아오이에게 조심스럽게 말을 걸었다.

"아, 아오이. 물속에 들어가지 않을래요? 튜브도 빌릴 수 있는데요."

"응, 미안…… 버, 벗을게……."

아오이가 겉옷 지퍼에 손가락을 댔다.

지퍼를 살살 내리기 시작하자 그 틈새에서 흰 피부가 서서히 드러났다.

나만 그런 것이 아니라 아카호리와 유타까지도 마른침을 꿀꺽 삼키면서 지켜보고 있었다. 그것을 눈치챈 아오이가 깜짝 놀라 동작을 멈췄다.

　"유우…… 저쪽 봐."

　"뭐? 나만?!"

　"그럼 덤으로 아카호리, 너도."

　"뭐?! ……아, 알았어."

　등 뒤에서 유타의 목소리가 들려왔다.

　"아오이, 괜찮아요. 아주 잘 어울린다고요."

　"……고마워, 사쿠라. ……유우."

　"응? 아, 그쪽을 봐도 돼?"

　"실눈을 뜬다면, 봐도 돼."

　"이상한 요구를 다 하시네."

　나는 시키는 대로 순순히 실눈을 뜨고 그쪽을 돌아봤다.

　아카호리도 덩달아 눈을 가늘게 뜨고 있었다. 우리는 그 얼굴로 몇 초 동안 서로 마주 보다가 아오이를 쳐다봤다.

　아오이는 작년에 입었던 검은색 수영복과는 완전히 딴판인 연분홍색 귀여운 수영복을 입고 있었다.

　아오이는 본디 얼굴이 서늘하게 생겼으므로, 그렇게 아기자기한 디자인의 옷을 입어도 지나치게 귀여운 척하는 느낌은 나지 않았다. 순수하게 귀여움이 돋보였다. 그다지 아슬아슬한 디자인도 아니었고, 가슴은 조금 커진 것 같기도 하지만 허리는 여전히 가늘었다. 또 하얀 피부에는 상처는커녕 얼룩점 하나조차 없었다. 부끄러워하는 이유를 알 수가 없었다. 그런데도 아오이는 즉시 휙 뒤돌더니 쪼그려 앉았다.

아카호리와 나는 실눈을 뜬 채 서로 얼굴을 마주 봤다. 그때 유타가 "어휴, 봐요, 전혀 신경 쓰지 않잖아요!" 하고 아오이에게 말을 걸었다.

그러자 아오이가 일어나더니 내 앞으로 다가왔다.

가슴 앞에 팔을 모은 채 "……이 옷, 어울려?"라고 물어봤다. 솔직히 말하자면 잘 보이지 않았다.

"응."

"고, 고마워……. 하지만 그래도 좀 부끄러운데……."

뭐든지 다 어울리는 얼굴과 몸매의 소유자이면서 도대체 뭘 걱정하는 걸까? 이 사람은.

아무튼 우리는 드디어 물속에 들어갔다. 한여름의 물은 당연히 미지근했지만, 그래도 태양열에 지글지글 익어가는 듯한 고통은 좀 완화되었다.

"좋았어─, 그럼 저것을 타러 가자, 저거!"

겨울에 수족관에 갔을 때와는 정반대로 컨디션이 최고로 좋은 아카호리는 분위기를 멋지게 띄워줬다.

아카호리가 말한 '저것'은 이곳의 핵심 시설인 워터 슬라이드였다.

나도 여기에 왔을 때부터 계속 관심이 있었다.

워터 슬라이드 앞에는 사람들이 적당히 줄을 서 있었다.

차례를 기다리면서 계단을 올라갔다. 마침내 꼭대기에 도착해보니, 생각보다 훨씬 더 높았다.

밑으로는 구불구불한 긴 튜브가 쭉 이어지고 있었다. 저 아래에서 꺅꺅 하고 절규하는 소리가 들렸다. 와, 이게 뭐야. 엄청나게 재미있을 것 같아.

같이 그 장면을 보고 있던 유타는 침울한 목소리로 말했다.

"저기요─, 저는…… 역시, 관둘래요."

"어, 진짜?"

"조금…… 재미있을 것 같지만…… 조금…… 무섭다고나 할까요……. 아무래도…… 용기가 안 나요……."

하기야 여기서 보면, 출발 위치에서 내려가는 각도도 급격하니까. 유타가 상상했던 것보다 훨씬 더 롤러코스터에 가까운 느낌일 것이다. 그런데 옆에서 아카호리가 천연덕스럽게 말했다.

"괜찮아. 내가 같이 내려갈 거니까."

"다, 당신과 같이? 그그그렇게, 파렴치한 짓은…… 더더욱 하기 싫어요!"

"에이, 모처럼 여기까지 왔잖아. 딱 한 번만! 아, 우리 차례야. 가자."

직원이 "같이 타실래요, 따로 타실래요?" 하고 확인차 물어봤다. 그 질문에 아카호리는 태연하게 "같이 탈게요"라고 대답했다.

아카호리는 정해진 위치에 유타를 세팅해놓고 성공적으로 그 뒤에 앉았다. 유타가 화들짝 놀란 얼굴로 목을 쭉 빼고 이쪽을 쳐다봤다.

"유타, 힘내!"

"스, 스쿠네, 이거 좀 말려주세요⋯⋯!"

"다녀오겠습니다—."

"앗, 잠깐만요⋯⋯ 아앗, 으악!"

두 사람이 미끄러지기 시작했다. 유타가 당황하여 한순간 몸부림을 쳤다.

그때 등 뒤에서 아카호리가 유타를 단단히 고정하는 것처럼 꽉 붙잡았다. 유타는 비명을 질렀다.

"우와! 꺄악⋯⋯ 어, 끄⋯⋯⋯⋯⋯ 끄아아아아아아아아아앗————————!"

상당히 현실감이 느껴지는 유타의 절규가 순식간에 멀리멀리 사라져 갔다.

⋯⋯와, 역시 엄청나게 재미있을 것 같아.

"같이 타실래요?"

직원의 질문에 아오이를 돌아봤다. 아오이는 나와 눈을 마주치려고 하지 않으면서 고개를 끄덕였다.

나는 깜짝 놀랐다. 최근에 아오이의 행동을 봐도 당연히 따로 타자고 할 줄 알았는데. 아오이가 무슨 생각을 하는지 잘 이해할 수 없었다.

출발 위치에 앉은 아오이의 뒤에 내가 앉았다.

"유우, 좀 더 가까이 붙어야 해."

"어, 왜? 저기, 괜찮아?"

"무섭다고! 허리를 제대로 꽉 안아줘!"

"아, 알았어!"

시키는 대로 황급히 허리에 팔을 감았다. 그 허리는 놀랄 만큼 가늘고 매끈매끈하고 부드러웠다.

마치 내 팔뚝 위에 올려놓은 것처럼 아오이의 가슴이 내 팔에 닿았고, 서로의 맨살이 밀착됐다. 나는 기분이 이상해졌다. 이게 뭘까. 뭔가 엄청난데. 아카호리, 너는 처음부터 이것을 노리고…….

내가 그렇게 번뇌하는 사이에 금방 직원이 "잘 다녀오세요—"라고 인사했다. 우리는 미끄러지기 시작했다.

그것은 역시나 예상대로 속도도 빠르고 코스도 복잡했다.

아오이는 맨 처음에는 순간적으로 "히잇……" 하고 작은 소리를 냈지만, 그 후에는 내내 말이 없었다. 오히려 걱정이 됐다.

코스는 위아래로 물결치듯이 구불구불 꺾이면서 도중에 튜브에서 나갔다 들어왔다 했다.

마지막에는 가파르고 긴 미끄럼틀 위로 떨어졌다. 밑에는 수영장이 있었다. 그곳에 풍덩! 하고 빠지는 것이 엔딩. 눈 깜짝할 사이에 끝났다.

물속에서 고개를 내밀었다.

아오이는 수영을 잘 못하는 편이었다. 얼른 확인해봤더니 아오이도 무사히 푸핫! 하고 밖으로 나왔다.

"아오이, 괜찮아?"

내가 가까이 다가가자, 아오이는 자기 뺨을 손으로 가리듯이 감싸면서 중얼거렸다.

"심장이 터질 것같이 뛰었어……."

"응, 생각보다 스릴 있었지. 그래도 진짜 재미있었어."

"그 정도로 착 달라붙은 적은 별로 없었으니까……."

"워터 슬라이드…… 미끄럼틀이 아니라 오히려 롤러코스터 같지 않아?"

"응? 워터 슬라이드? 아, 응! 재미있었어! 속도가 꽤 빨랐지?"

"도중에 미친 듯이 속도가 빨라지는 곳이 한 군데 있었잖아?"

"그, 그랬지. 거기는 상당히 무서웠어. 하지만 너와 같이 있었으니까………… 어? 잠깐만, 아카호리와 사쿠라는 어디 갔지?"

그 말을 듣고 주위를 둘러봤다.

"아, 저기 있다."

풀 사이드 가장자리에서 고개를 숙인 채 무릎 꿇고 있는 아카호리를 발견했다.

그 앞에서는 얼굴이 새빨개진 유타가 꼿꼿이 서서 허리에 손을 얹은 자세로 뭐라고 말을 하고 있었다.

목소리까지는 들리지 않았지만 대충 그 내용은 알 것 같았다.

아마도 설교일 것이다.

수영장에 있는 매점에서 먹을 것을 샀다. 오코노미야키, 타코야키, 감자튀김 등, 야시장에서 사 먹는 간식 같은 라인업이었다. 이것저것 한꺼번에 사서 파라솔이 달린 테이블 위에 늘어놨다.

"배를 내놓은 상태에서 배 속에 음식을 집어넣는 이 죄책감…… 맛있네요."

"뭐?"

"아카호리…… 배를 쳐다보는 짓은 그만둬주세요."

그 이야기를 듣고 무심코 배를 볼 뻔했던 나도 허둥지둥 시선을 딴 데로 돌렸다. 아니, 이 덫은 도대체 뭐지?

"아오이는 안 먹어요?"

"응……? 아, 아냐, 먹을게."

아오이는 그 말을 듣고 정신을 차린 것처럼 감자튀김을

입에 집어넣었다.

"아오이, 당신은 살이 안 찌나요?"

"쩌, 오히려 유우가 아무리 먹어도 안 찌는 타입이지."

"네? 스쿠네, 그게 진짜예요? 이유가 뭐죠? 체질인가요?"

"체질 때문이기도 하겠지만, 부모님 말씀으로는 젊을 때는 다 그런 거래."

"와…… 그럼 저는 타고난 체질이 안 좋은 걸까요……? 잠깐만요, 이 충격을 달래기 위해 아이스크림을 사 올게요."

발언자가 아부카와였다면 "그게 원인인 거 아냐?"라고 날카롭게 지적했을 테지만, 그런 지적을 할 용기는 없어서 입 다물고 있었다. 게다가 유타는 별로 살이 찌지도 않았다.

식사를 마친 후에는 튜브를 빌려서 유수 풀과 파도 풀에서 놀았다.

그런데 어느 쪽에서든 물에 들어가 가볍게 노는 수준이었지, 제대로 수영을 하는 것은 아니었다.

수영을 잘하는 유타는 마지막에 가서는 수영을 좀 하고 싶다면서 아카호리와 함께 50m 수영장으로 갔다. 나와 아오이는 풀 사이드의 그늘진 벤치에 앉아서 그들을 보내줬다.

단둘이 남게 되자 갑자기 조용해졌다.

"유우…… 있잖아."

"응."

아오이는 자기가 말을 꺼냈으면서 금방 또 입을 다물더니, 결국 "아무것도 아니야"라고 말했다.

그대로 침묵을 지키면서 앉아 있었는데, 저쪽에서 아카호리와 유타가 돌아오는 것이 보였다. 도중에 아카호리가 손을 잡으려고 했지만 유타가 그 손을 탁 쳐버렸다.

아오이는 멍하니 그 장면을 보면서 말했다.

"저 두 사람은 커플 같구나……."

"아니, 실제로 쟤들은 일단 커플이니까……."

"사이가 좋아 보여."

"그, 그런가? 저보다 더 멀쩡한 커플은 그 외에도 얼마든지 있다고 생각하는데……."

내가 그렇게 말하자, 아오이는 풀 사이드에 있는 다른 대학생쯤 되어 보이는 커플에게 시선을 보냈다.

그들은 생글생글 웃으며 이야기를 하고 있었다. 아이스크림을 서로 바꿔 먹기도 했다.

"……좋겠다."

아오이는 조그만 목소리로 중얼거리더니, 다시 멍하니 어딘가를 바라봤다.

아부카와

아무것도 달라지지 않을 거라고 생각했던 일상은, 이따

금 예상치 못한 일로 사소한 변화를 일으키기도 한다.

그래도 하나 정도일 때는 크게 변하진 않는다. 홍차에 설탕 한 알을 넣어봤자 그 맛은 변하지 않는 것이다.

여름방학 중간에 또 하나의 작은 변화가 일어났다. 아부카와에게 여자 친구가 생긴 것이다.

어찌어찌 망하지 않고 지금까지 살아남은 아부카와의 형의 인도 카레 가게에서 나는 그 이야기를 듣고 있었다. 사실 그 가게는 더 이상 순수한 인도 카레 가게가 아니었다. 이름은 인도 주점으로 바뀌어 있었다. 낮보다 저녁에 더 손님이 많이 오는 가게가 된 것이다.

지금은 점심때가 한참 지난 시각이었다. 가게 안에 손님은 나와 아부카와밖에 없었다.

"아부카와, 네 여자 친구는 대체 어떤 사람인데? 어디서 만난 거야?"

"……방학 때 단기 아르바이트를 하다가 만난…… 다른 고등학교 학생인데…… 두 번 다시 만날 일은 없을 거라고 생각하고 내 마음대로 떠들었더니, 걔가 같이 놀자고 했고…… 괜찮으면 사귀지 않겠느냐고 했어."

"……그런데 왜 그렇게 우울한 표정이야? 이상한 사람이야?"

"……아냐! 이상한 사람은…… 오히려 나야!"

그건 잘 알고 있구나.

"그 애는, 그러니까…… 엄청난 미인은 아니어도…… 말하자면 나 같은 놈한테는 과분할 정도로, 무지무지 성실하고 정상적인 것처럼 보이는 사람인데……."

"그럼 오래가기는 어렵겠네……. 헤어지지 그래?"

"야, 그렇게 심한 말 하지 마! 이런 나를 좋게 봐주는 사람은, 이번 기회를 놓치면…… 앞으로 또 몇십 년을 기다려야 나타날지 모른다고……!"

"아——…… 그렇구나. 그런 심정으로 받아들인 거야?"

"응…… 맞아……. 내가 생각해도 난 정말 쉬운 남자인데, 그동안 상대가 나한테 호의를 보여준 적이 없었으니까……. 눈 깜짝할 사이에 홀랑 넘어가버린 거야……."

아부카와는 거기까지 말하고 물을 마셨다.

나는 이미 한참 전에 카레를 다 먹었는데, 다소 뚱뚱한 편인 아부카와는 오늘은 눈앞에 있는 카레에 전혀 손을 대지 않았다.

"나는…… 기본적으로는 수많은 여자를 상대로 꿋꿋이 판타지 같은 망상을 펼치면서 하루 24시간 내내 여자 생각만 했지만, 현실 세계의 여자와는 거의 대화를 해본 적이 없거든……. 그래서 어쩌면 좋을지 모르겠어……."

"아, 응……."

아부카와는 마구잡이로 "저 애 귀엽다" "사귀고 싶어"라는 말을 농담처럼 자주 떠들어댔고, 틈만 나면 대화를 해보려고 애썼지만, 아마도 본인은 그것이 현실이 될 리는 없다고 생각했던 것이리라.

내가 아오이와 친해진 후에도 이 녀석의 망상 속에 아오이가 등장했던 것도 그런 이유였다. 그는 아오이를 결코 '친구의 친구'로 여기지 않고, TV 화면 너머에 있는 별세계의 사람처럼 취급했기 때문이다.

그런데 갑자기 현실 세계의 여자가 자발적으로 그에게 다가왔다. 그래서 아부카와는 패닉 상태에 빠진 것이다.

"게다가…… 정상적인 아이를 변태같이 대하면, 그런 관계는 지속될 리가 없잖아. 하지만 변태가 아닌 나는…… 도대체 어떤 녀석인데? 난 모르겠어."

그렇게 말하더니 아부카와는 머리를 싸쥐었다.

"변태를 자신의 정체성으로 삼지 마……."

아부카와는 심각하진 않은 변태인데, 그것은 대외적으로 꾸며낸 캐릭터이기도 했다.

아마도 그는 자타 공인 변태 캐릭터로서 롤플레잉을 하기도 했을 것이다. 그런데 멀쩡한 여자 친구가 생기는 바람에 변태 캐릭터를 교정해야 할 필요성이 생겼다. 그는 그것을 두려워하는 것이다.

"야, 스쿠네…… 변태가 아닌 나는…… 도대체 어떤 녀석일까?"

이렇게 이해가 안 가는 고민 상담은 처음 받아봤다. 게

다가 그는 지금 이 상태로도 충분히 사고방식이 변태 같았다. 하지만 일단 그가 난처해하는 것 같았으므로, 나는 생각을 해보고 대답해줬다.

"너는 변태이지만 좋은 녀석이니까…… 그냥 정직하게 그런 모습으로 여자 친구를 대하는 게 좋지 않을까?"

"나는 정직한 내 모습이 변태라는 것을 숨기고 싶어!!"

"……으음―, 그렇게 걱정되면, 우선 친구로 잘 지내보는 것은 어때?"

"뭐? 상대가 사귀어준다고 하는데, 왜 친구 관계부터 시작해야 해? 이상하잖아."

가차 없이 거부당했다.

"아니, 친구로서 남녀의 카테고리에서 벗어나, 인간 대 인간으로서 알게 된 다음에 사귀어도…… 뭐가 크게 달라지는 것도 아니잖아?"

그렇게 말하자, 아부카와는 또다시 물을 꿀꺽꿀꺽 마시더니 묘한 표정으로 고개를 설레설레 저었다.

"스쿠네, 그냥 친구와 여자 친구는 전혀 달라."

아부카와는 딱 잘라 말했다.

"뭐가 다른데?"

"밤에 잠들기 전에…… 나는 여자 친구가 있구나…… 하고 생각하면 행복해지거든……. 그것 하나만으로도 친구와는 전혀, 완전히 달라!"

"어, 응……."

"친구를 상대로는 절대로 그럴 수가 없거든! 안 그래?!
그렇지?!"

"아, 네. 그럴 수가 없죠……."

"여자 친구…… 여·자·친·구라고! 나한테는…… 나를,
나…… 남자 친구라고 생각해주는, 이 세상에 단 하나뿐인
여자가 있다니까?!"

이 꼴을 보니 진심으로 기뻐하고 있는 것 같았다. 하지
만 그는 그렇게 소리를 지른 다음에 또다시 머리를 싸쥐면
서 "나는…… 대체 어떻게 하면 좋을까?" 하고 고뇌하기
시작했다.

아부카와는 그날 평소처럼 같은 반 여자나 아이돌이나
여배우에 관한 이야기는 전혀 하지 않았다.

아부카와는 이미 변하기 시작했다. 이미 망상의 세계에
서 벗어나 현실로 반 발짝 들어가서 조금 성숙해진 것처럼
보였다. 아니, 자세히 보니 살도 좀 빠졌고 눈썹도 정리해
서, 인상도 조금이나마 달라진 느낌이 들었다.

"어쨌든…… 데이트 신청을 하고 싶은데, 스쿠네, 네 생
각에는 어디로 가는 게 좋을 것 같아?"

"데이트……? 으음―…… 아, 수영장. 워터 슬라이드가
진짜로 재미있는 수영장이 있거든. 얼마 전에 아카호리가
가르쳐준 곳이니까, 여자들도 좋아하지 않을까?"

"……안 돼. 거기는 못 가."

"왜? 네가 좋아하는 수영복 차림의 여자들도 잔뜩 있을 텐데."

"나는 그런 곳에 가면 언제나 여자의 몸을 머릿속으로 품 평하는 것이 취미였는데……. 얼마 전에 동네의 시립 수영 장에 남동생을 데리고 갔을 때…… 남자들 몸만 실컷 봤거 든……. 그걸 보니, 포동포동한 내 몸이 신경 쓰여서…… 우주의 먼지가 되어 사라지고 싶은 기분이 들었어."

"너는 이상한 방향으로 엉뚱하게 폭주하고 있구나……."

바로 얼마 전까지는 아부카와는 여자에 대해 일방적인 관찰자 입장이었다. 그런데 이제는 자신을 호의적으로 봐 주는 여자가 있으니까 자의식이 강해진 것 같았다.

내 주머니 속에서 스마트폰이 진동했다. 꺼내보니 아오 이한테서 "이제 곧 저녁 먹을 시간이야" 하고 귀가를 재촉 하는 메시지가 와 있었다. 나도 모르게 이야기에 열중했었 나 보다.

"미안. 나 이제는 가볼게."

인사하고 나와서, 가게 앞에 세워놨던 자전거를 타고 페 달을 밟았다.

얼마 전까지는 많은 것들이 움직이지 않고 안정된 듯한 기분을 느꼈었다.

앞으로도 쭉 이대로 있을 수 있지 않을까. 그런 착각을 했었다.

최근에는 많은 것들이 너무나 빠르게 변해가는 것을 실감하고 있었다.

아무것도 변하지 않는다고 생각했던 일상이 예상외의 일 때문에 약간 변한다. 그런 것들 하나하나는 사소해서 그다지 큰 변화처럼 느껴지진 않았지만, 그것들이 쌓이고 쌓여서 커다란 변화가 되었다.

문득 정신을 차려 보니 완전히 다른 장소에 와 있어서, 두 번 다시 원래 있던 장소에는 돌아가지 못한다.

야부사메는 꿈을 이루기 위해 노력하고 있고, 아부카와는 여자 친구를 사귀었고, 아카호리와 유타는 그들의 관계를 바꿨다.

나와 아오이는 앞으로 어떻게 될까.

언제까지 이대로 있을 수 있을까.

그때 이후로 아오이는 여전히 좀 이상했다.

폭죽놀이

그날 아르바이트를 끝내고 우리 집에 돌아왔더니 거실 테이블 위에 폭죽놀이 세트가 놓여 있었다.

"어, 그게 뭐야?"

근처에서 TV를 보고 있는 어머니에게 물어봤다.

"아, 그건 너희 아버지가 받아오신 거야. 유우, 아오이와 같이 가지고 놀지 그러니?"

"응. 그럴게."

아오이의 상태가 이상한 날은 계속 이어지고 있었고, 최근에는 묘하게 분위기가 어색해지기도 했다.

아오이는 전에는 집에 있을 때는 거실에서 책을 읽거나 게임을 했었다. 그러나 요새는 우리 집에 처음 왔던 시기처럼 또다시 자기 방에 틀어박히게 되었다. 그래서 그런지 대화 자체를 할 수 있는 기회가 줄어들었다. 아오이가 나를 피하는 것은 아니라고 생각하지만, 이런 상태가 계속되면 심적으로 거리가 좀 멀어질 수밖에 없었다.

방문을 두드리고 밖에서 말을 걸었다.

"아오이, 폭죽놀이를 하지 않을래?"

"할래."

그런데 내가 부르면 아오이는 무조건 좋다고 대답을 했다. 역시 나를 피하는 것은 아닌가 보다. 다만 기운이 없고, 가능한 한 나와 눈을 마주치려고 하지 않을 뿐이다.

작년처럼 마당에 나가서 양동이에 물을 받았다. 그때 부드러운 천으로 된 실내용 긴 원피스를 입은 아오이가 조금 늦게 툇마루로 나왔다.

아오이는 툇마루에 서서 한동안 밤하늘을 바라보고 있었다. 그러다 내 옆에 와서 앉았다.

"자, 받아."

폭죽 봉투를 뜯고 아오이에게 폭죽 한 개를 내밀었다.

아오이가 폭죽을 받으려고 했는데, 그 손과 내 손이 순간적으로 닿았다.

"앗!"

아오이가 깜짝 놀란 것처럼 폭죽을 떨어뜨렸다.

"미, 미안."

아오이가 허둥지둥 사과하면서 폭죽을 주웠다.

전에는 싫어하지 않았던 가벼운 접촉에도 이렇게 과잉 반응하다니. 씁쓸함이 가슴속에 퍼졌다.

나란히 불을 붙인 폭죽은 치익치익 소리를 내면서 터졌다. 그 선명한 색깔의 불꽃은 작년과 같았다.

작년과 좀 다른 아오이는 멍하니 그것을 바라보고 있었다.

요즘 들어 이상해진 아오이의 태도는 주로 그 시선의 움직임에서 드러났다.

이를테면 내 목 언저리나 팔, 손, 어느 한 곳을 멍하니 주시하는 일이 잦아졌다. 그리고 가끔 내 얼굴을 보나? 싶을 때는, 눈이 마주치면 즉시 시선을 피해버렸다.

옆에 나란히 쪼그려 앉은 채 치익치익 타들어 가는 두 개의 폭죽에서 시선을 떼더니, 아오이는 나를 가만히 바라보다가 문득 한마디를 중얼거렸다.

"유우…… 너 늠름해졌구나."

"응……?"

그건 아마도 객관적인 감상이 아닐 것이다. 왜냐하면 처음 듣는 말이었으니까.

"이거 봐…… 이 팔뚝도."

"팔뚝?"

내 팔뚝은 아부카와처럼 퉁퉁하지도 않고 오이카와처럼 가늘지도 않았다. 아카호리처럼 멋지게 근육이 붙은 것도 아니었다. 별다른 특징은 없었다.

하기야 그 말을 듣고 보니 조금 굵어진 느낌도 들었고, 어린 시절에 비하면 단단해졌을지도 모른다.

하지만 그래 봤자 그것은 평범한 고등학교 2학년생의 팔뚝이었다. 이 나이의 남자라면 개체차는 있을망정 나뿐만 아니라 모두 몸이 완성형에 가까워져서, 남녀의 차이가 뚜렷이 드러나게 된다.

나는 내 팔뚝을 찬찬히 들여다보고 나서 말없이 아오이의 팔로 시선을 옮겼다.

절대로 소리 내어 말하면 안 된다는 것은 알고 있지만, 신체적 변화로 따지자면 아오이의 변화가 훨씬 더 눈에 띄었다.

아오이는 본디 성장이 빠른 느낌이라서 다시 만났을 때는 이미 완성형인 것 같다고 생각했는데, 실제로는 전혀 그렇지 않았다. 키는 더 이상 크지 않은 것 같지만, 사람의 성장은 그런 부분에서만 이루어지는 것이 아니다.

지금 이렇게 보면, 어쩐지 어린 티가 남아 있던 얼굴은 이제는 아름답고 섹시한 분위기로 어른스러워졌고, 또 보디라인도 전보다 더 굴곡진 느낌이 들었다. 볼록한 가슴과 잘록한 허리가 최근에는 전보다 더 두드러져 보였다.

투명하리만치 하얗고 가녀린 목에서는 색기라고밖에 표현할 수 없는 뭔가가 흘러나오고 있었다.

이렇게 성장함으로써, 지금까지의 그 팔은 가느다란 어린아이의 팔이었다는 것을 알게 된 것 같았다.

문득 시선을 돌렸다. 그랬더니 아오이는 손에 들고 있는 폭죽을 보지 않고 물끄러미 내 얼굴을 쳐다보고 있었다.

그걸 눈치챈 나는 무심코 똑같이 그 눈을 들여다봤다. 빨려 들어갈 것 같은 감각이었다.

오랜만에 우리의 시선이 똑바로 부딪쳤다.

커다란 눈동자와 그 주위를 둘러싼 긴 속눈썹. 반듯한 콧대와 부드러워 보이는 입술.

어둠 속의 지근거리에서 보니까 왠지 현실미가 느껴지지 않는 그림 같은 얼굴이었다.

서서히 얼굴이 가까워지는 듯한 착각.

예전에도 이런 일이 있었던 것 같은 기분이 들었다.

그때는 분명히 아버지가 도중에 유리문을 열어서——멍

하니 생각을 하고 있는데, 폭죽이 둘 다 연달아 다 타서 밑으로 떨어졌다.

얇은 어둠이 암흑으로 바뀐 순간, 아오이의 얼굴이 가까이 다가왔다. 그림자가 드리웠다.

쪽. 그렇게 딱 한순간만 살짝 문지르는 것처럼 입술과 입술이 스쳤다.

"어……?"

어리둥절하여 아오이를 쳐다봤다.

아오이는 얼굴을 떼더니 깜짝 놀란 표정을 지으면서, 두 손가락으로 자기 입술을 살며시 누르고 있었다.

"미…… 미안해!"

아오이는 얼른 일어났다. 그리고 쏜살같이 자기 방으로 돌아가 버렸다.

방금 그건…… 뭐였을까. 충격을 받은 심장이 초고속으로 쿵쿵 뛰고 있었다.

정말이지, 요즘 저 녀석은 이해가 안 간다니까…….

뭐라 형용할 수 없는 감정이 소용돌이치는 바람에 더 이상 폭죽놀이를 할 마음이 나지 않았다. 나는 남은 것들을 한꺼번에 양동이에 쑥 집어넣어 불을 끄고 내 방으로 돌아갔다.

콧속에 들러붙은 걸까. 아직도 연기 냄새가 났다. 머리카락과 옷에 냄새가 밴 걸지도 모른다.

그렇게 멍하니 있다가, 또다시 돌연 아까 있었던 일을 떠올리고 화들짝 놀랐다.

　도저히 잠을 이룰 수 없었다.

　다음 날 아침에 일어나 방에서 나갔더니, 바로 앞에 사람이 서 있었다.

　"안녕……? 유우."

　"으악!"

　아오이가 차렷 자세로 서서 심각한 표정을 짓고 있었다.

　"아니, 그렇게 방문 앞에 서 있으면…… 노, 놀라잖아."

　"아, 미안……."

　"웬일이야?"

　"저기, 어제…… 어제, 그 일 말인데……."

　"응? 아, 응, 어제……."

　그 일을 굳이 언급하는 거야? 심지어 이건 돌직구잖아.

　"미안해……."

　"아니, 네가 사과할 일은 아니잖아……?"

　"저기, 싫지 않았어?"

　"싫지는 않았어."

　"그, 그럼……!"

　고개를 숙이고 있던 아오이가 돌연 힘차게 고개를 들었다.

　양손을 가슴 앞 한가운데로 짝! 하고 모아 붙이더니, 큰 소리로 말했다.

"……그, 그 일은, 잊어줘……!"

"……………알았어."

실제로 잊어버리는 것은 불가능하다고 생각하지만, 상대가 그렇게 비장한 얼굴로 말을 하니 나도 그런 식으로 대응할 수밖에 없었다.

"잊었어?"

"아, 응…… 잊었어…….."

아오이는 내 얼굴을 보고 고개를 끄덕이더니, 쏜살같이 자기 방으로 되돌아갔다.

아무튼 이제는 슬슬 이런 상태에 나도 좀 스트레스를 느끼게 되었다.

어떻게든 빨리 해결하고 싶었다.

결단의 장

부모님의 귀성

8월 중순의 어느 날 밤. 배가 출출해서 저녁 식사가 끝난 후에 부엌에서 인스턴트 라면을 먹고 있는데 어머니가 나에게 말을 걸었다.

"유우, 저번에 제사 지내러 간다고 했잖아. 그거 일정이 바뀌었어."

"뭐? 언제가 됐는데?"

"이날이야. 아오이가 부모님을 만나러 가는 날이랑 겹치게 하려고 했는데, 결국 다른 날이 됐어……."

어머니가 스마트폰 캘린더 앱을 보여줬다.

"어? 난 그날 아르바이트 있는데. 못 가니까 집에 남을래. 어차피 제사는 별로 재미있지도 않잖아."

여름방학 후반의 주말에는 부모님과 함께 이틀 정도 할아버지 댁에 가기로 했었다. 처음에는 아오이가 부모님을 만나러 가는 날짜와 겹치도록 계획을 세웠는데, 그게 그보다 이틀 전으로 바뀌었다.

제사는 다른 친척들의 스케줄도 얽혀 있어서 결국 그날로 확정된 모양이다.

"하긴, 아오이만 혼자 남겨두고 집을 떠나는 것도 왠지 걔만 따돌리는 것 같아서 미안하긴 하지⋯⋯. 아니, 하지만 역시 너도 같이 가는 게 좋다고 생각하는데."

"아냐, 난 그날 아르바이트를 하러 가지 않으면 목표 금액을 모을 수 없어. 남을래."

그리하여 나도 남게 되었다.

작년 6월에도 이런 일이 있었다. 그때 아오이는 남의 집에서 혼자 지내는 것을 별로 좋아하지 않는 것 같았다.

그런데 복도에서 마주친 아오이에게 그 소식을 전했더니 아오이는 당황했다.

"남는다고⋯⋯? 유우, 너도?"

엄청나게 놀란 표정이라서 오히려 내가 더 놀랐다. 당연히 기뻐할 거라고 생각했는데.

"어, 뭐야⋯⋯? 나도 갔으면 좋겠어?"

"그건 아니야! 네가 여기 있으면 기쁘지."

아오이는 허둥지둥 큰 소리로 부정했지만, 금방 자기 방에 쏙 들어가 버렸다.

최근 들어서는 진짜로 언행 불일치가 심각했다. 내가 집에 남아도 되는 걸까. 일말의 불안을 느꼈다.

그러나 어쩌면 아오이의 이런 이상한 태도를 해결할 기회일지도 모른다. 그냥 평소처럼 지내면 저절로 아오이도 예전 모습으로 돌아올 줄 알았는데, 좀처럼 돌아오지 않는 것이었다.

부모님이 제사를 지내러 가는 날 새벽. 어머니가 나를 난폭하게 깨웠다. 그리고 집에 있는 냉동식품과 쓰레기 배출 방법을 속사포처럼 빠르게 설명했다. 아오이도 일어나서 내 옆에서 설명을 같이 듣고 있었다.

나는 아직 잠이 덜 깨서 머리가 멍했다. 어머니가 빠르게 떠들어대는 말을 한 귀로 듣고 한 귀로 흘렸다.

"자, 그럼 나갈게. 조심해서 잘 지내. 아오이, 무슨 일 있으면 망설이지 말고 유우에게 부탁해. 내 전화번호도 알지? 이제는 유우도 예전처럼 여자를 거북해하진 않으니까, 만에 하나 유우의 상태가 이상해지면 얼른 나한테 전화해……. 그리고 유우가……."

아오이가 여기 온 지 얼마 안 됐을 때는, 어머니는 아오이와 나를 단둘이 집에 놔두는 것에 전혀 거부감을 느끼지 않는 것 같았다. 그러나 최근에는 우리가 친해진 모습을 보고 어머니의 태도가 좀 달라졌다. 어머니가 그런 태도를 보이시니 그건 또 그것대로 마음이 불편해졌다. 제발 그만하셨으면 좋겠다.

"아오이, 혹시 유우가……."

"됐으니까 빨리 가!!"

잔소리가 심한 부모님이 문으로 나갔다. 현관 밖에서 자동차 소리가 나더니 멀어져갔다.

집 안은 갑자기 조용해졌다.

"오늘은 뭐 먹을래?"

"음…… 어쩔까."

예전에도 비슷한 일은 있었는데도, 작년 6월과는 역시 분위기가 좀 달랐다.

그때 아오이는 순수하게 나와 같이 지내는 것을 기뻐해 줬었다. 그것 자체도 그 당시에는 잘 느끼지 못했지만, 이제 와서 돌이켜보니 강하게 느낄 수 있었다.

실제로 아오이의 이상한 언행은 이날 아침에 극에 달했다.

아침밥으로 빵을 구워 먹고 있는데 아오이가 불쑥 말을 꺼냈다.

"있잖아. 종업식 날 내가 볼일이 있어서 너한테 기다려 달라고 했던 거, 기억해?"

"응."

"그때 나는 어떤 여자애한테 불려갔던 거야."

"와, 그래서 갔다고? 신기하네……."

"응, 조금 신경 쓰여서. 그래서 말인데. 그게 누구인지는 말할 수 없지만, 아무튼 그 애는 너를 좋아한다고 했어."

"…………뭐? 그거 거짓말 아니야? 거짓말이지?"

"걔가 왜 나한테 그런 거짓말을 하는데?"

"그거야 뭐, 걔가 너와 친해지고 싶어서 그런 방법을 썼을지도 모르잖아."

"그건 아니라고 생각해. 어쨌든 그래서 그 애는, 나와 네가 정말로 사귀고 있는지 물어보고 싶었대."

일단 그런 일이 있었다는 사실은 이해했다. 하지만 이해가 안 갔다.

"……그 이야기를 왜 지금 하는 거야?"

아오이는 토스트를 입술에 댔다. 그러나 결국 먹지 않고 도로 접시에 내려놨다.

"그냥. 유우, 네가 이걸 어떻게 생각할지 궁금해서……."

아오이는 묘하게 집요한 표정과 말투로 그런 말을 했다. 나는 당혹스러웠다. 이게 뭐지. 이게 뭐냐고. 내가 뭔가 나쁜 짓이라도 한 걸까.

"유우, 넌 어떻게 생각해?"

"아무 생각도 안 해. 아오이, 너도 자주 고백을 받지만, 내가 그것에 관해 물어본다면 이해를 못 할 거 아냐?"

"……그건…… 그렇지만."

"우리는 절친이잖아……. 그런데 왜 그런 걸 물어봐?"

"응, 그러게……."

아오이는 오묘한 표정을 지었다. 그러다 퍼뜩 뭔가 생각난 것처럼 자리에서 일어났다.

"나 홍차 마실 건데. 유우, 너는? 뭔가 마실래?"

"응? 그럼 나도 홍차."

"아, 홍차가 다 떨어졌네."

"저 위쪽에 아마 새것이 있을걸? 내가 꺼내줄게."

아오이는 여자의 평균 키보다는 큰 편이지만, 홍차는 맨 위의 찬장에 들어 있었다.

"괜찮아. 발판을 쓰면 쉽게 꺼낼 수 있으니까."

그러더니 아오이는 작은 의자 위에 올라가려고 했다. 그 것은 늘 여기 놔뒀다가 가끔 어머니가 발판으로 사용하시는 의자였다.

"앗, 그 의자는 얼마 전에 반쯤 부서졌……."

"꺅!"

뚝 하고 의자 다리 하나가 바깥쪽으로 부러지면서 아오 이가 이쪽으로 쓰러졌다. 그걸 아슬아슬하게 받아내서 그 뒤통수가 바닥에 부딪치지 않게 해줬으니, 이 정도면 나는 칭찬받아도 될 것이다.

아오이는 나를 좌식 의자처럼 깔고 앉은 자세로 한동안 가슴에 손을 댄 채 넋을 놓고 있었다. 그러다 갑자기 깜짝 놀란 표정으로 소리를 질렀다.

"저, 저리 가!"

"으, 응!"

아오이는 마치 변태한테 스킨십을 당한 것처럼 한동안 자기 몸을 부둥켜안은 채 고개를 숙이고 있었다. 솔직히 말하자면 좀 상처받았다.

"……미안. 고마워."

뭘까. 이 느낌은.

얼마 전부터 계속 위화감을 느끼고 있었다. 둘이서 같은 공간에 있는데 상대가 묘하게 거리를 두는 듯한 느낌이었다.

이윽고 나는 어떤 가능성에 생각이 미쳤다. 이것은 남자로서 경계를 당하고 있는 것이다.

아니, 경계와는 좀 다를지도 모른다. 경계라고 하기에는 그 방어력이 상당히 낮았다.

상대가 나를 싫어하는 것 같지는 않았다. 상대가 먼저 나를 건드리기도 했다. 그러면서도 또 그 직후에는 얼굴을 붉히며 거리를 두려고 했다. 마치 나를 이성(異性)으로 여기면서 뭔가 영문을 알 수 없는 긴장감을 가지고 대하는 것 같았다. 그것이 내가 실감하는 것과 가장 비슷했다.

지금까지 부모님이 늦게 오시는 날이나 외출하실 때마다 우리는 실컷 같은 공간에서 단둘이 있었으니까 괜찮다. 그렇게 믿었기 때문에, 그것을 깨닫는 데 시간이 걸렸다.

왜 갑자기 그렇게 됐는지는 모르겠지만 그것이 가장 납득이 가는 추측이었다.

평소에 아오이의 실내복은 주로 목둘레가 확 파인 헐렁한 티셔츠와 반바지였다. 그러나 오늘은 상의는 목까지 완벽하게 숨긴 스타일이었고, 하의도 무릎까지 내려오는 옷이었다. 그것이 내 추측을 현실로 잘 보여주는 것 같았다.

아오이는 마치 얼마 전과는 다른 사람처럼 느껴졌다.

절친으로서의 신뢰는 더 이상 어디에도 남아 있지 않았다.

어떻게든 예전과 같은 관계로 돌아갈 수는 없을까? 하고 생각했지만, 어쩌면 아오이는 이미 예전과는 다른 장소에 있어서 이제는 두 번 다시 처음 장소로 돌아오지 못하게 된 걸지도 모른다.

그 변화는 급격했지만 사건 하나하나는 사소했다. 그래서 깨달았을 때는 이미 늦었다.

그런 느낌이 들었다.

그런데 일단 종일 단둘이 있어야 하는데, 각자 다른 방에서 지내는 것은 상대를 피하는 것 같아서 부자연스럽다. 이미 나와 아오이는 그 정도로 사이가 좋아졌다.

그래서 아오이도 나한테 적극적으로 말을 걸지 않아도, 오늘은 자기 방에 틀어박히려고 하지는 않았다.

나는 뭘 하면 좋을지 은근히 고민하게 되었다. 결국 식탁 위에 문제집을 펼쳐놓고 숙제를 시작했다.

문제집을 조금 풀다가 문득 고개를 들어보니, 대각선 맞은편의 자리에서 아오이도 나처럼 문제집을 풀고 있었다.

점심밥은 각자 냉동식품을 먹었다. 그 후 또다시 문제집을 풀었다. 도중에 집중력이 떨어져 샤워를 했다. 돌아왔을 때는 이미 문제집을 풀 의욕은 완전히 사라졌지만, 대화는 하기 어려웠고 그 외에는 할 일도 없었다. 다시 의자에 앉았다.

"유우……."

"응?"

"여기 남아줘서…… 고마워."

"……응."

저녁에는 편의점에서 사 온 저녁밥을 둘이서 먹었다.

다 먹은 다음에는 도저히 다시 숙제할 마음이 나지 않았다. 자리에서 일어나 크게 기지개를 켰다.

"저기, 아오이…… 영화라도 보지 않을래?"

"아…… 나 오늘은 피곤해서. 슬슬 자려고 했는데."

"그래? 그럼 잘 자."

"응, 잘 자."

자기에는 너무 일렀지만, 일단 종일 같이 있었다고는 할 만한 시각이었다.

방에 돌아와 한숨을 푹 내쉬었다. 아오이가 바짝 긴장한 분위기를 뿜어내고 있었기 때문에 나도 피곤해졌다. 하지만 전혀 졸리지 않았다.

영화라도 볼까. 그런 생각을 해봤지만 별로 의욕이 생기지 않았다. 나는 침대에 누운 채 벽을 바라봤다. 여러 번 몸을 뒤척거렸다.

결국 그 후에도 계속 잠들지 못하다가 새벽이 다 돼서 부엌을 뒤지고 있었는데, 그때 아오이가 일어나 부엌으로 왔다.

"안녕. 잘 잤어?"

"············전혀 잠을 못 잤어."

"뭐? 그건······."

"아, 책 읽다가······ 나도 모르게 밤을 새운 거야."

"또 새 책이야? 얼마 전에 말했던 그거?"

"아······ 응, 맞아. 얼마 전에······ 어, 그게 뭐였지?"

어쩐지 책은 안 읽은 것 같았다.

"나 오늘은 아르바이트가 있어서 나갈 거야. 아오이, 넌 잠이 부족하면 좀 자지 그래?"

"맞다, 그런 말을 했었지. 응, 그럴게······."

이렇게 애매한 상태에서 앞으로 하루를 더 보내는 것도 상당히 우울한 일이었다. 그래서 나는 은근히 안도했다.

어떻게든 원상태로 돌아가고 싶었지만, 원인도 불명이고 대화도 하기 어려웠다. 내가 안다고 생각했던 상대가 갑자기 다른 사람이 되어버린 것 같아서 혼란스러웠다.

아르바이트하는 곳에 도착해서 쓸데없는 생각은 안 하고 묵묵히 일을 했다. 그러자 시간은 금방 지나갔다. 속이 편했다.

"스쿠네, 고생했어―. 나도 진나이도 오늘은 이제 퇴근할 건데, 같이 밥이라도 먹고 갈래?"

아르바이트하면서 좀 친해진 대학생이 나에게 그런 제안을 했다.

자연스럽게 네 하고 대답하려다가 다시 생각했다. 집이, 아오이가 마음에 걸렸다.

"아, 아뇨……. 오늘은 볼일이 있으니까 다음에 같이 먹어요!"

결국 조급한 마음으로 집에 돌아갔다.

거실에 들어갔더니 안은 어둡고 뜨거운 열기로 가득 차 있었다.

에어컨이 꺼져 있었다.

우선 불을 켜봤다. 그러자 테이블 위에 메모지가 놓여 있는 것이 눈에 띄었다.

아오이가 써둔 메모인 것 같았다. 집어 들어 살펴보니, 간결한 글자가 적혀 있었다.

『오늘은 딴 데서 자고 올게.』

내 머릿속에 거대한 물음표가 떠올랐다.

친구도 별로 없으면서, 대체 어디에서……?

메모지의 글씨를 바라보고 있는데 스마트폰이 진동했다. 유타의 연락이었다.

유타의 연락처는 예전부터 일단 알고는 있었지만, 실제

로 개별 연락을 할 필요는 거의 없었으므로 그 연락처가 사용된 것은 이번이 처음이었다.

확인해보니 『아오이는 우리 집에 있습니다. 걱정 마세요』라는 내용만 적혀 있었다.

나는 냉동 밥을 전자레인지에 넣어 돌리고 인스턴트카레를 데워서 먹었다.

뭔가 석연치 않았다.

우정이란 것은 이렇게 이해가 안 가는 문제로 망가지는 걸까. 나는 그 계기조차 모르는데.

아오이에게 전화해볼까 하다가 그만뒀다. 스마트폰으로 전해도 될 내용을 굳이 메모로 남긴 것을 보면, 지금은 대화하고 싶지 않다는 뜻이리라. 하지만 아오이가 집에 돌아오면, 제대로 얼굴을 마주 보고 대화하면서 이야기를 들어보고 싶었다. 안 그러면 아무것도 알 수 없을 테니까.

홀로 남겨진 집에서 나는 맨 처음 이 집에 왔을 때의 아오이를 떠올려봤다.

재회했을 때는 우리 둘 다 아무래도 초등학교 4학년 시절과는 달랐기 때문에 처음부터 예전처럼 잘 지내지는 못했다. 그러나 아오이가 스스럼없이 나에게 가까이 다가와줬다.

문득 동물원에 못 갔던 그날에 아오이가 울면서 투덜거렸던 내용이 기억났다.

"하지만 내가…… 모처럼 그렇게, 노력해서 친구가 되었는데……. 엄청나게…… 유우가…… 싫어서……."

돌이켜보니 지금의 이런 관계성이 형성되기까지는, 나와 가까워지려는 아오이의 노력이 매우 큰 역할을 했었다.

아오이와 절친이 될 수 있었던 것도, 또 여성에 대한 나의 불신감이 줄어든 것도 틀림없이 아오이 덕분일 것이다.

지금 아오이가 어떤 이유 때문에 고민하고 있다면, 이번에는 내가 뭔가 해줄 수 있는 일은 없을까.

갑자기 우리 사이가 확 멀어졌는데, 그래도 상관없다는 생각은 들지 않았다. 어떻게든 아오이를 도와주고 싶다는 생각은 늘 하고 있었다. 다만 내가 계속 헛발질만 하는 느낌이었다.

나는 무엇을 해야 하는 걸까.

내 초조함과 곤혹스러움은 이제는 거의 한계에 다다랐다.

현실 도피를 하는 심정으로 영화 세 편을 연달아 봤다. 뇌의 일부분은 내내 깨어 있어서 결국 잠을 이루지 못했다.

아침이 되자 현관에서 조그맣게 탁 하는 소리가 들렸다. 나는 영화를 정지시켰다.

아오이가 귀가한 것이다. 이제 곧 부모님이 돌아오실 테고, 오후에는 아오이는 자기 부모님을 만나려고 이 집에서 나갈 것이다. 대화할 기회는 지금밖에 없었다.

아오이는 집에 오면 보통은 차를 한 잔 마시고 자기 방으로 갔다. 내 방에 있으면 아오이가 돌아온 것을 알아차리기 어려웠다. 그래서 나는 계속 거실에 있었다.

"왔어?"

"……아, 응. 왔어."

문을 연 아오이는 내가 여기 있을 줄은 몰랐나 보다. 어깨가 순간적으로 움츠러들었다.

"저기, 아오이. 너 요즘 이상한 것 같은데, 안 그래?"

"……이상하지 않아."

아오이는 그렇게 말하면서도 눈을 이리저리 바쁘게 굴렸다.

"아니, 아무리 봐도 이상하잖아……."

"이상하지 않아……."

"뭔가 마음에 안 드는 것이라도 있어……? 말을 해봐."

"아니, 아무 일도 없어."

"그럼 왜……. 나는 영문을 모르겠어. 모처럼 절친이 되어서 너를 이해할 수 있게 되었다고 생각했는데. 이러면……."

몇 번이나 생각했지만 스스로 부정했었다.

하지만 역시 최근의 아오이는 내 마음속에 개념으로 존재하는, 내가 두려워하는 정체불명의 '여자'라는 생물 같았다.

아오이는 한동안 꾸중을 들은 어린아이 같은 표정으로

풀 죽어 있었다. 그러나 잠시 후, 뭔가 결심한 것처럼 고개를 들었다.

"알았어……. 그럼, 말할게."

"응."

"있잖아……. 계속 생각을 해봤는데…… 나는…… 유우, 너랑……."

"응."

아오이는 거기까지 말했으면서 또다시 굳어버렸다. 나는 계속 말해보라고 재촉하듯이 입 다물고 쳐다봤는데, 아오이는 얼굴을 붉히더니 고개를 숙였다. 쏟아져 내린 머리카락을 귀 뒤로 다시 넘겼다. 그 귀는 새빨개져 있었다.

자리에서 일어나 아오이 앞으로 다가가려고 했다.

그러자 아오이는 반 발짝 뒤로 물러났다. 나는 더 이상 다가가지 못하고 도중에 멈춰 섰다.

이윽고 모기 소리처럼 조그마한 목소리가 들려왔다.

"사……귀고 싶어."

"뭐……?"

"너, 너랑, 사귀고 싶어."

아오이는 말 한마디를 뱉는 것도 고통스러운 것 같았다. 그 모습은 보기만 하는 나조차도 숨이 막히는 기분이었다. 아오이는 거칠게 숨을 쉬면서 천천히 말을 이었다.

"여, 여자 친구가…… 되고 싶어."

아오이의 눈에서 또르르 눈물이 한 방울 굴러떨어졌다. 아오이는 그 눈물을 자기 팔로 난폭하게 닦아냈다.

"진심으로………… 좋아하니까."

아오이는 그대로 자기 방으로 들어가 버렸다.

나는 놀라서 넋을 잃고 있었다. 갑작스러운 사태에 내 두뇌는 아직 마비되어 있었다.

소파로 돌아가 아오이의 말을 천천히 곱씹어봤다.

나는 일시정지를 했던 영화의 정지 화면을 보는 둥 마는 둥 바라봤다.

정말 끔찍하게도 화면은 그 영화의 섹시 캐릭터인 듯한 여자가 가슴골을 강조하는 클로즈업 장면에서 멈춰 있었다. 순간적으로 벌떡 일어나 당장 변명하러 가고 싶은 충동을 느꼈지만, 지금은 그게 문제가 아니란 것을 깨닫고 다시 얌전히 자리에 앉았다.

분명히 이것저것 생각해봐야 할 것이 있을 텐데도 수면 부족으로 내 머리는 전혀 돌아가지 않았다.

그것은 마침내 한계에 다다랐다. 나는 눈을 감고 어떻게든 생각을 하려고 애쓰다가 어느새 그대로 잠들어버렸다.

*　　*

차가 많이 다니지 않는 길에서, 방금 우리가 내린 버스

가 멀리 사라져갔다.

아오는 그 버스를 계속 바라보고 있었다.

"유우야……. 이렇게 멀리까지 와도 되는 거야?"

"난 전에도 와봤어. 집에 갈 때는 여기 맞은편에 있는 버스 정류장에서 오는 버스를 타면, 처음에 탔던 곳으로 돌아갈 수 있어."

"와, 유우…… 굉장해. 어른 같아."

아오는 겁이 많고 보수적이기 때문에 초등학교 4학년생인데도 부모님과 따로 떨어져 먼 곳에 가본 적이 없다고 했다. 그래서 내가 데려갈 수 있는 가장 먼 곳까지 아오와 같이 나온 것이었다.

"처음 보는 동네야……."

"아오, 넌 아까부터 그 말만 하네? 있잖아, 저쪽에 과자 가게가 있거든? 자, 내가 안내해줄게."

"유우! 잠깐만."

"응?"

"잠깐만. 여기서 너랑 헤어지면…… 난 죽어."

아오가 필사적인 얼굴로 내 손을 꼭 잡았다.

"네가 안 가본 곳에 가보고 싶다고 해서 여기까지 온 거잖아……."

"윽…… 그래, 내가 말했지. 교실에서 새로 바뀐 자리가 마음에 안 들어서, 아무도 모르는 곳으로 가 버리고 싶다고.

지난주에 말하긴 했지만……."

"게다가 어제도 거의 이야기를 안 해본 같은 반 친구랑 이야기하느라 긴장해서 이상한 말을 한 것 같다. 그냥 바람이 되어 사라지고 싶다, 뭐 그렇게 푸념했었잖아."

"그, 그건 그렇지만~……."

아오는 생각보다 더 심하게 겁을 먹었는데, 그래도 과자 가게를 보더니 입을 쩍 벌리고 기뻐했다. 마트의 과자 코너가 아니라 이렇게 본격적인 과자 가게는 우리 집 근처에는 없어서 희귀한 것이었다.

아오는 적은 돈으로 심사숙고하여 과자를 골라 샀다. 그 후에는 완전히 흥분한 표정으로 즐거워하고 있었다.

자신이 사는 동네와 근본적인 구조는 크게 다르진 않았다. 그래도 잘 모르는 동네에서는 신선한 발견이 넘쳐났다.

예를 들면 고등학생이 된 지금이라면 아무 생각도 안 하고 그냥 지나쳤을 남의 집 앞에 있는 개 장식품. 망했는지 이제는 문을 닫았지만 얼마 전까지는 틀림없이 어떤 가게였던 것 같은 건물. 이상한 장소에 자리를 잡은 잡화점. 희한한 놀이기구가 있는 공원. 그렇게 우리 동네에 있으면 신경도 쓰지 않았을 만한 것들 하나하나가 재미있어 보이고 저절로 관심이 갔다.

부모님과 같이 여행을 갔을 때는 부모님도 마찬가지로 평범한 비석을 보고 일일이 품평하기도 했으니까, 어쩌면 여행과 비슷한 것일지도 모른다.

계절은 가을이었다. 낙엽과 솔방울과 도토리가 여기저기 떨어져 있었으므로 나는 그렇게 기억한다.

"유우, 이거 기념품이야. 하나씩 가져가자."

아오가 도토리를 하나 건네줬다.

멀리 떨어진 동네에 있는 도토리는 훌륭한 기념품이었다. 그것은 어른이 여행지에서 괜히 키홀더나 볼펜 같은 선물을 사 오는 것과 마찬가지였다.

탐색을 마칠 무렵에는 아오는 완전히 기분이 좋아진 상태였다.

"슬슬 돌아갈까?"

"응. 재미있었어."

"맨 처음에는 너 엄청나게 겁먹었었는데……."

"유우가 있어서 괜찮았어."

이리저리 돌아다녔기 때문에 어느새 처음에 있었던 버스 정류장에서 꽤 멀리 와버렸다.

슬슬 돌아가야지 하고 신호등이 있는 큰 도로를 건넜을 때, 우리와 비슷한 나이인 초등학생 네다섯 명이 동시에 우르르 길을 건넜다.

다 건너자 신호가 빨간불로 변했다. 돌아보니 아오가 없었다.

거대한 탱크로리가 몇 대나 눈앞을 지나갔다. 그것들이

전부 다 지나갔는데도 길 건너편에도 아오의 모습은 없었다. 순식간에 식은땀이 나기 시작했다.

신호가 바뀌기를 기다렸다가 원래 있던 길로 돌아갔다. 두리번두리번 주위를 살피면서 찾으러 다녔다.

"아오야! 아오야—!"

필사적으로 찾아다니다가 운 좋게도 아오를 발견할 수 있었다.

아오는 가까이 있는 완만한 하천 둔치의 잔디밭에서 엉엉 울고 있었다.

"유…… 유우야아!!"

"찾아서 다행이다……. 간 떨어질 뻔했어……."

"잠깐 멍하니 있었는데 네가 사라져서, 나, 나는, 이제는 집에 못 돌아가는 줄 알고…… 흐어엉."

"미안. 역시 손을 잡고 다니는 게 좋겠다."

아오가 소매로 눈물을 쓱쓱 닦고 일어났다. 그리고 내가 내민 손을 꽉 잡았다. 맞잡은 손은 눈물이 묻어서 조금 축축했다.

"유우, 넌 집에 가는 길을 알고 있지……?"

"응, 아마도……."

"아마도? 어, 설마 길을 잃은 거야?"

"대충 방향은 알고 있으니까…… 괜찮을 거라고 생각하는데……. 아까 그 길에서도 멀리 와버렸으니까……."

"뭐, 뭐어~?!"

"괘, 괜찮아. 아마 괜찮을 거야."

우리는 손을 잡고 낯선 동네를 이리저리 돌아다녔다.

그래도 시간이 충분히 있었다면 별로 초조해하진 않았을지도 모른다.

하지만 해는 시시각각으로 떨어져서 주위가 점점 어두워졌다. 아이 두 명의 그림자가 길게 뻗으면서 지면 위를 헤매고 있었다.

"어? 아니, 여기인 줄 알았는데……. 설마 완전히 엉뚱한 곳으로 온 건가……?"

버스 정류장이 있는 길로 나갈 거라고 예상하고 길모퉁이를 돌았는데, 눈앞에는 처음 보는 길이 펼쳐져 있었다.

처음에는 그래도 뭐, 괜찮겠지 하고 생각했던 마음이 갑자기 불안해졌다.

아오는 다소 불안해 보이는 표정이었지만, 맞잡은 내 손을 꽉 하고 강하게 붙잡으면서 이번에는 울지 않았다.

"유우야. 괜찮을 거야."

뚜렷한 근거도 없으면서 격려까지 해줬다. 그래도 동행인이 우는 것보다는 훨씬 더 마음 든든했다. 나도 그 목소리를 듣고 힘을 얻어 기운을 차렸다.

그때 길의 저쪽 끝에 있는 큰길에서 버스가 지나갔다.

"아오야! 저기 봐, 버스야!"

"어? 진짜다!"

우리 둘은 버스가 지나간 길을 향해 뛰어갔다. 그 길에 도착했을 때 버스는 이미 떠나가 버렸다.

느릿느릿 모퉁이를 돌아서 바로 옆길로 들어가는 버스의 뒷모습만 보였다.

그 뒤를 따라 모퉁이를 돌아봤다. 그러자 저 앞에 버스 정류장이 보였다. 아까 왔을 때 내렸던 곳과는 다른 버스 정류장이었다.

버스는 이미 가버렸지만, 우리는 둘이서 버스 정류장의 경로를 확인해봤다.

"유우야. 바로 이 앞의 정류장이 우리가 왔던 곳이야!"

"……다, 다행이다."

막연하게 괜찮을 거라고 낙관적으로 생각을 했지만, 점점 해가 떨어지자 이러다 큰일 나면 어쩌지? 하고 내심 초조해하고 있었다.

아오는 비교적 절망하기 쉬운 성격이지만 회복은 빠른 편이었다. 버스에 탔을 때는 벌써 아무렇지도 않은 것처럼 보였다.

"미안해, 마지막에는 길을 잃고 헤매서."

"아냐……. 유우, 네가 있어서 괜찮았어. 게다가……."

"응?"

"멀리 나갔다 오면, 내가 사는 동네로 돌아갔을 때 안심하게 되잖아. 자리를 바꾼 게 마음에 들지 않아도, 그래도 역시 내가 사는 익숙한 곳이 제일 좋은 것 같기도 해."

그 말을 듣고 생각했다. 역시 여행과 비슷하구나 하고.

버스에서 내린 아오는 생글생글 웃으며 말했다.

"재미있었어—. 고마워."

완벽하게 기운을 차린 아오는 사택으로 돌아가는 길을 통통 튀듯이 걸어갔다.

이쪽을 돌아보더니 또다시 웃는 얼굴로 말했다.

"유우야, 다음에 또 같이 미아가 되자."

부재

깊이 잠들었다가 눈을 떴을 때, 아오이는 이미 부모님을 만나러 가서 그 모습은 보이지 않았다.

아버지는 일단 아오이를 차에 태워 역까지 데려다주고 돌아오셨나 보다. 거실에서 커피를 마시고 있었다.

나는 식빵을 구워 먹었다.

어머니는 빨랫감이 왜 이렇게 많아? 하고 투덜거리면서 빨래를 시작했다.

매미도 울음소리를 냈다. 거기에 일상의 잡다한 소리가 섞이면서 여름방학의 하루가 시작됐다.

작년의 이 시기와 마찬가지였다. 아오이가 여기 오기 전과 같은 생활이 돌연 눈앞에 펼쳐져 있었다.

작년에는 스트레스가 완화되는 시기였다. 올해도 아오이의 상태가 이상했으므로, 처음에는 솔직히 말해 조금 안도했다.

그러나 역시 작년과 마찬가지로 금방 허전함을 느끼게 되었다.

친구와 같이 놀고, 아르바이트도 하러 가고, 영화를 보기도 했다.

그런데 친구와 같이 놀 때 뭐가 맛있다는 이야기를 들으면, 또 어떤 곳이 재미있다는 이야기를 들으면 저절로 아오이의 얼굴이 떠올랐다. 더 나아가 아오이를 데려가야겠다는 사명감 같은 감정까지도 생겨났다.

아오이가 없는 여름방학은 작년보다도 더 강한 상실감으로 다가왔다.

아오이의 존재는 이제는 완전히 생활에 뿌리내리고 있었다.

습관이 되어버린 사고방식 때문에 목욕하는 타이밍에 쓸데없이 신경 쓰기도 하고, 냉장고에 있는 푸딩의 재고를 보고 아오이의 몫까지 계산하기도 했다. 재미있는 영화를 본 다음에는 괜히 아오이의 방까지 찾아가서 감상을 늘어놓기도 했으므로, 이제는 감동이 묘하게 불완전 연소가 되었다.

거실에서 무의식중에 아오이의 모습을 찾다가 지금은

없다는 사실을 기억해냈다.

그리고 그 후에는 우리의 마지막 대화가 생각나서 뭐라 형용할 수 없는 기분을 느꼈다.

우리 집에 있으면 아오이의 부재를 자꾸 의식하게 된다. 그래서 나는 이틀쯤 아카호리의 집에 눌러앉아 있었다.

"아카호리, 이 만화, 다음 권은?"

"없어. 그게 최신이야."

"와, 이런 데서 끝난다고⋯⋯?"

"다음 달에는 신간이 나와서 무조건 다음 내용을 볼 수 있잖아. 우리 인생에 비하면 그나마 낫지."

"흥, 함축적인 의미가 있는 듯 없는 듯한 그 말은 대체 뭐야? 어차피 신간도 안 나오는 경우도 있잖아?"

아카호리는 내가 자기 방에 있어도 별로 신경도 안 쓰고 잘 지내고 있었다.

때로는 갑자기 편의점에 갔다가 돌아오기도 했다. 지금은 한동안 안 보인다 싶더니 목욕을 하고 왔는지, 목에 수건을 걸치고 돌아왔다.

"어휴, 덥다, 더워. 여기 에어컨의 성능이 안 좋은가? 땀이 너무 많이 나. 스쿠네, 너도 샤워하고 와."

"귀찮은데."

"아니, 남자 둘이 방에 틀어박혀 있으면 땀 냄새가 난단 말이야……. 샤워하고 와."

"알았어……."

아오이와 단둘이 방에 있을 때는 냄새가 나지 않았는데…… 이유가 뭘까. 아무튼 욕실에서 샤워한 다음에 방으로 돌아갔다.

아카호리는 아파트에 살고 있었다. 적당히 넓은 집이었다. 아버지는 혼자 먼 곳으로 전근을 가셨고, 어머니는 현재 출장 중. 하나뿐인 누나도 다른 곳에서 자취를 하고 있으므로, 지난 며칠 동안 아카호리의 가족은 아무도 없었다.

"아카호리, 이 게임은 이제 질렸어. 왜 이거 하나밖에 없어? 새 게임을 다운로드하자, 응?"

"야, 너…… 남의 돈이라고 속 편하게……."

"아니, 내가 여기 오면 플레이할 거니까. 절반 정도는 부담해줄 수 있어."

"진짜? 그럼 뭐 살까―."

아카호리는 컨트롤러를 손에 들고 다운로드 콘텐츠를 띄워놓더니 스크롤을 했다.

그러다가 지금까지 언급하지 않았던 화제를 갑자기 툭 던졌다.

"그런데 너…… 설마 그동안 쭉, 츠키시로가 너를 좋아한다고 생각을 못 했던 거야?"

"아니, 생각했어."

내가 즉시 대답하자, 아카호리는 요란하게 숨을 내쉬었다.

"다행이다. 다행이야……. 아무리 그래도 그 정도로 멍청한 놈은 아니었구나……."

아오이는 내가 요리를 하니까 신기하다면서 자세히 구경했고, 내가 즉석에서 쓴 연하장을 건네주니까 자기 방에 전시하러 갔다. 어디에 같이 가자고 하면 뛸 듯이 기뻐했다. 같이 동물원에 갈 수 없게 되자 울면서 화를 냈다. 내 넥타이를 다시 매주려고 하고, 액자에는 우리가 같이 찍은 사진을 끼워놓았다. 이런 모습을 보고 '아오이가 나를 싫어한다'고 생각한다는 것은 말이 안 된다. 좋아한다. 그 외의 해답은 없었다.

"하지만 그게 연애 감정은 아닐 거라고 생각했어……."

"뭐야, 역시 멍청한 놈이었잖아? 스쿠네. 만약에 다른 여자가 츠키시로와 같은 태도로 너를 대한다면, 너는 그 여자가 너를 연애 상대로서 좋아한다고 생각을 안 할 것 같아? 나라면 그렇게 생각할 텐데."

"응, 그렇게 생각할지도 몰라……."

예전 같으면 절대로 그렇게 생각하지 않았을 테지만, 지금은 솔직하게 그런 생각을 할 수 있을 것 같았다.

그렇게 생각하게 된 것도 틀림없이 아오이 덕분일 것이다.

"그러니까 너는 보통 여자가 너한테 해주면 '나를 좋아하는구나'라고 생각할 만한 대접을, 계속 받고 있었던 거지."

"응."

"그럼 여기서 한번 물어볼게. 츠키시로는 여자가 아니야?"

"아오이는 절친이야."

"아니, 나는 여자인지 아닌지를 물어보는 건데……."

"물론 성별은 여자이지만, 아오이는 절친이야."

"그럼 결국 츠키시로가 너를 좋아한다는 것을 너는 전혀 눈치채지 못했던 거야?"

"응. 아니, 애초에 눈치채고 말고 하는 문제가 아니라, 실제로 아오이도 바로 얼마 전까지는……."

그렇다. 얼마 전까지는 인간적인 호감은 있어도 틀림없이 우리의 관계는 절친 관계였다. 아오이도 그렇게 선을 긋고, 그 선을 넘는 것은 피하는 것처럼 보였다.

아카호리와 유타 사이에 예전에 존재했던 친구 관계와, 나와 아오이의 관계는 달랐다.

아카호리는 전부터 계속 유타를 연애 상대로서 좋아했는데, 그래도 일단 연인은 아니었기 때문에 편의상 그들의 관계가 친구로 간주됐을 뿐이다.

나와 아오이 사이의 우정은 어떤 목표로 나아가는 도중의 일시적인 것이 아니라, 그것 자체가 완성형으로서 존재했었다.

성별이 다르기 때문에 그 친구 관계는 신뢰를 바탕으로 이루어져 있었다.

우정을 연애 감정으로 잘못 해석한다는 것은, 그런 관계성에서는 일종의 금기였다.

착각하지 마! 하고 혼날 수는 있어도, 일선을 넘어놓고 네가 눈치챘어야지! 알았어야지! 하는 말을 들어야 하는 관계는 아닐 것이다. 나는 그런 의견을 열심히 피력했다.

그러나 아카호리는 맥 빠진 한숨을 쉬더니 "나한테 그런 말을 해봤자 무슨 소용이야……? 사정은 잘 몰라도, 마음이 변했나 보지……"라는 말만 했다.

하기야 곰곰이 생각해보면 아카호리에게 이런 열변을 토해봤자 소용없는 짓이었다.

나는 침대에 누웠다. 열 받아서 잠이나 자려고 했다.

"다녀왔습니다―."

그때 현관에서 그런 목소리가 들렸다. 나는 벌떡 일어났다.

"으악, 나, 집에 갈래!"

"뭐? 갑자기 왜?"

"난 너희 누나가 불편하단 말이야!"

내가 허둥지둥 짐을 챙기고 있는데, 등 뒤에서 강렬한 꽃향기가 나면서 뭔가가 내 목을 휘감았다.

"끄억!"

"어머나― 유우, 너도 와 있었어―?"

나를 휘감은 그 물체는 내 귓가에 숨을 불어넣듯이 말을 걸었다. 그리고 일부러 자기 가슴을 나에게 딱 붙이는 것도 잊지 않았다.

"그렇게 비명을 지를 필요는 없잖아. 우후후."

"이거 놔요!"

"응—? 싫.어. 어휴, 진짜! 오랜만에 만났는데 왜 이렇게 차갑게 굴어?"

딱 한 번 만났을 뿐인데도 친근하게 나를 유우라고 부르는 이 여자는 아카호리의 누나인 아카호리 쿠니코였다.

고전적인 이름과는 반대로 날라리 같은 여자였다. 옷도 노출이 심한 옷이었다.

이 사람과는 5월 연휴에 이 집에 놀러 왔다가 처음 만났다. 처음 봤을 때는 당연히 사회인인 줄 알았다. 그러나 실제로는 대학교 1학년생이었다.

이 화려한 미인은 성격에 상당한 문제가 있었다.

맨 처음 만났을 때 내가 여성을 거북하게 여긴다는 이야기를 듣더니, 이 사람은 그게 재미있었는지 내 얼굴을 보면 무조건 치한 같은 짓을 하면서 나를 놀리기 시작했다. 이 사람은 대학교 근처에서 혼자 자취하고 있는 듯했다. 그래서 지난 이틀 동안은 여기 없었으므로 나는 안심하고 느긋하게 있었는데, 이렇게 되면 상황이 달라진다.

"저는 집에 갈 거예요."

"뭐—? 모처럼 만났는데—, 유우, 벌써 집에 가려고?"

"네, 갑니다. 지금 당장, 빠르게, 신속하게 집에 갈 거예요."

"왜? 나는—, 너 같은 타입을 꽤 좋아하는데."

"누나, 너무 심하게 놀리지 마."

"응—? 아니, 난 진심인데. 유우, 너는? 저기, 어떤 여자애가 좋아? 나는 어때?"

"하하……."

아무리 얼굴이 예뻐도 아카호리와 거의 비슷하게 생겼으므로, 솔직히 말하자면 여자라는 느낌이 거의 안 들었다. 키도 커서 아카호리가 여장한 모습……까지는 아니지만, 약간 그런 착각이 들기는 했다.

이 사람을 보면, 그동안 완화됐던 여성을 불신하는 감각이 마구 되살아나는 느낌이었다.

이 사람과는 친구가 될 수도 없고 연애는 아예 어불성설이었다. 이 사람한테 농락을 당하리란 예감밖에 안 들었다.

서둘러 집에서 나왔더니 아카호리가 나를 쫓아왔다.

"스쿠네, 미안해."

"아냐, 오히려 고마워. 너희 집에 오래 있게 해줘서."

"내가 말을 안 했는데……. 누나는 대학교에 들어간 다음부터…… 악녀 놀이를 시작했어……."

"악녀…… 놀이?"

"누나는 고등학교 때까지는 원하는 대학교에 합격하기

위해 내내 죽어라 공부만 했었어. 그래서 대학생으로서 새 출발을 하자마자 욕구 불만이 터진 것처럼…… 초보 악녀가 되었고…… 지금은 나중에 쪽팔려할 만한 흑역사를 생산하는 중이지."

"그렇구나……."

듣고 보니 확실히 아카호리의 누나가 악녀처럼 짓궂게 뱉어내는 대사들은 도가 지나쳐서 오히려 연극을 하는 것처럼 보였다. 초보이기 때문에 아직은 치한과 악녀 사이에서 헤매고 있는 걸지도 모른다. 그리고 작년에 놀러 왔을 때는 나와 마주치지 않았던 이유도 어쩐지 알 것 같았다.

그런데 이야기를 들어보니 그 사람은 잘 노는 날라리인 척하고 있을 뿐이지 실제로는 그렇지도 않은 듯했다. 쓸데없이 외모는 화려한 미녀라서, 그렇게 어설픈 초보인 줄은 몰랐다.

"누나는…… 저러고는 있어도, 아마 남자 친구도 사귀어 본 적이 없을 거야."

우와, 안타깝다. 갑자기 친근감이 생겼다. 내 마음속에서 되살아날 뻔했던 여성에 대한 불신감이 수그러들었다. 역시 이 세상은 그렇게까지 심한 악의로 가득 차 있는 것은 아닐지도 모른다.

아카호리의 집에서 탈출한 나는 이틀 만에 우리 집으로

돌아왔다.

당연히 아오이는 아직 돌아오지 않았다. 이번에는 연초에 부모님을 만나러 가지 않았기 때문에 기간도 좀 길었다.

넋을 놓고 거실에 들어갔다. 그리고 또 어디에 있는지 무의식중에 확인하려고 하다가 퍼뜩 정신을 차렸다. 무서운 여자한테 괴롭힘을 당한 직후라서 그런가? 그 녀석의 얼굴이 몹시 그리워졌다.

내 방에서 영화를 보려고 했는데 왠지 집중하지 못할 것 같았다. 그래서 전에 한 번 봤던 영화를 재생시켰다. 제대로 보는 게 아니라 대충 틀어놓은 것이었다.

내가 재생시킨 영화는 유명한 감독의 초기 작품인 청춘영화였다.

그 내용은 1960년대 미국의 시골에 사는 고등학생의 졸업 전야를 그려낸 군상극인데, 기본적으로는 고등학생들이 차를 타고 밤거리를 정처 없이 돌아다니는 내용이었다.

처음 봤을 때는 뭐 이렇게 지루한 영화가 다 있지? 하고 생각했다.

그것도 당연했다. 나는 등장인물들과는 다른 시대와 나라에 살고 있다. 일본의 고등학생은 차를 타고 돌아다니지도 않고, 댄스파티에 참가하지도 않는다.

본디 나는 일본의 고등학교를 무대로 한 영화는 안 보기로 했었다. 그런데 일상을 묘사한 영화는 그 외의 엔터테

인먼트 작품과는 달리, 아무래도 조금은 공감할 수 있는 요소가 없으면 도대체 무엇을 목적으로 묘사한 것인지 이해하지 못하게 된다. 내가 그 영화를 보더라도, 그 시대를 살아간 미국인이 느끼는 그리움은 얻을 수 없다. 그리고 시대를 초월하는 그 나라의 공통적인 문화 같은 것에 대해서도, 좀 더 자세한 지식이 없으면 그 재미를 제대로 이해하지 못한다.

그런데 반쯤 인내하는 심정으로 그 영화를 다 봤더니, 며칠이 지나고 또 몇 달이 지난 후에도 가끔 몇 가지 장면이 머릿속에 떠올랐다.

격렬한 변화가 있는 장면은 거의 없었다. 그래서 의미도 없이 밤거리를 아무렇게나 돌아다니는 울적한 분위기 같은 것만 내 마음속에 남아 있었다.

그래서 나는 생각하게 되었다. 이처럼 직접 보는 순간에는 지루했던 장면이 나중에 돌이켜보면 가슴속에 선명하게 남아 있는 것, 그것 자체가 어쩌면 청춘일지도 모른다고.

이것은 내가 모르는 청춘. 어딘가에 있었던 청춘이다.

신기하게도 그런 생각이 들었다.

픽션을 즐기는 방법은 천차만별이므로 정답 같은 것은 없지만, 어쨌든 그것이 일본의 고등학생인 내가 그 영화를 즐기는 방식이었다.

어느새 영화는 끝나 있었다.

좌식 의자에 드러눕자, 침대 밑에 놓여 있는 아오이의 문고본이 눈에 띄었다.

우리의 관계가 아직 이렇게 어색해지기 전에 아오이가 여기서 읽고 있던 책이었다. 다 읽었는데 깜빡하고 여기 놔두고 간 것이리라. 지금까지 눈치채지 못했다.

이 방에서 아오이가 책을 읽었던 날. 아오이는 갑자기 책을 덮고 나를 쳐다봤었다.

"무서운 장면이 나왔으니까 이리 좀 와봐."

아오이가 웃으면서 그렇게 말했을 때가 생각났다.

무심코 그 책을 집어 들었다. 그 위에는 이미 얇게 먼지가 쌓여 있었다.

아오이가 돌아온 것은 여름방학 마지막 날 밤이었다.

밤중에 아버지가 차를 몰고 데리러 갔고, 아오이는 돌아오자마자 자기 방에 틀어박혔기 때문에 나는 그 모습을 보지 못했다. 이야기하기에는 너무 늦은 시각이었다. 그래도 인사만이라도 하고 싶어서 방문을 두드렸다.

"아오이, 시간 있어? 이야기 좀 하고 싶은데."

그러자 안에서 차분한 목소리가 들려왔다.

"……피곤한데. 내일 해도 돼?"

그런 말을 들으니 억지로 이야기를 할 수는 없었다. 아오이가 모처럼 돌아왔는데도 그날은 얼굴도 보지 못하고,

옆방에서 슬금슬금 움직이는 사람의 인기척만 느끼고 있었다.

다음 날 아침에는 2학기 시업식이 있었다. 아오이는 아침부터 모습이 보이지 않았다.

방문 앞까지 가서 가볍게 똑똑 문을 두드려봤지만, 반응은 없었다.

거실에 내려가자 "아오이는 먼저 나갔는데?"라는 말을 들었다.

순간적으로 눈과 입이 크게 벌어졌다. 곤혹스러웠지만 금방 그 생각을 떨쳐냈다.

어차피 학교에 가면 만날 수 있을 것이다.

──그렇게 생각을 했는데.

"스쿠네. 츠키시로는 어디 있어?"

"······몰라."

"남자 친구인데도 몰라?"

"············."

아오이는 학교에 오지 않았다.

교실에서 사람들이 번갈아가며 나에게 물어봤고, 나는 그때마다 똑같은 대답을 했다.

무사히 시업식이 끝나자 유타가 나에게 말을 걸었다.

"아오이는 어떻게 된 건가요?"

"글쎄, 어제 돌아왔는데······."

"실은 저도 아까 연락을 해봤는데, 아직 대답이 없네요……."

"아, 그러고 보니 여름방학 때 아오이가 너희 집에 가서 잤었지? 그때는 뭐 했어?"

"그날은…… 아오이가 어쩐지 피곤해 보여서……. 느긋하게 영화 같은 것을 보고 있었는데, 아오이가 갑자기 울기 시작해서……."

"……응."

"그때 이야기는 해봤지만, 제가 당신에게 해줄 수 있는 말은 없어요……."

"뭐야, 뭐야, 뭐야, 뭔데, 무슨 이야기야?"

아카호리가 맹렬한 기세로 다가오는 바람에 더 이상은 이야기할 수 없었다. 유타와 아카호리는 어디 들렀다가 집에 갈 계획이었다. 그래서 나는 손을 흔들어 인사하고 먼저 학교에서 나왔다.

집으로 돌아왔는데 집에는 아무도 없었다.

아오이의 방의 문을 두드려봤지만, 여전히 인기척은 없었다.

아무도 없는 오후는 묘하게 조용했다.

어디 있는지도 모르겠고, 어쨌거나 밤에는 돌아올 것이다. 그렇게 생각하고 영화를 보려고 몇 편을 골라봤는데, 집중이 안 돼서 결국 그만뒀다.

아오이에게 전화를 걸어봤지만, 상대는 받지 않았다.

집 안을 어슬렁어슬렁 돌아다니면서 몇 번이나 걸어봤다. 그때 아오이의 방에서 울리는 전화벨 소리와 진동 소리가 들려왔다. 전화를 안 받는 게 당연했다.

그 녀석은 또다시 제멋대로 어딘가로 가버린 것이다.

나는 빨리 이야기를 해보고 싶었다. 아오이가 없는 동안에 생각했던 것도 있었다. 단순히 아오이가 일방적으로 거리만 두고 있어서 나로선 어떻게 하면 좋을지 모르겠고, 아오이를 도와줄 수도 없다고 생각했던 그때와는 이제 상황이 달랐다.

슬슬 화가 나기 시작했다. 교복을 입은 채 밖으로 나갔다.

창밖에는 상쾌한 푸른 하늘이 펼쳐져 있었다.

아오이가 어디로 갔을지 생각해봤다.

아오이의 변화

내 눈앞에는 강물이 흐르고 있었다.

조금 멀리 떨어진 동네에서도 강의 이름은 달라지지 않는다. 그만큼 큰 강이었다.

얄미울 정도로 아름다운 날씨였다.

바람이 산들산들 불어와 수풀이 흔들렸고, 구름이 소리 없이 흘러가고 있었다. 시간이 멈춘 것처럼 고요하고 평화로웠다.

나는 여름이 오기 전까지는 늘 행복했었다.

절친이라는 것은 아주 좋은 관계라고 생각했고, 실제로 아무런 문제도 없었다.

나는 유우와 친구가 되고 싶었다. 실제로 친구가 되어서 기뻤다. 절친이 된 것도 기뻤고, 그 마음에는 거짓은 없었다.

애초에 나는 틀림없이 처음에는 어떻게든 유우와 다시 친해지고 싶은 마음밖에 없었을 것이다.

나는 내가 이성에게 인기가 있다는 사실은 알고 있었다. 그래서 "사귀어주지 않을래?"라고 말하면 가장 쉽게 친해질 수 있을 거라고 생각해서, 그렇게 했던 것이다.

그러니까 그가 내 고백을 거절하고 나와 친구가 되어준 것은 뜻밖의 행운이었다. 그리고 함께 지내는 시간이 점점 길어질수록 그 관계는 우리 두 사람에게는 정답이었구나 하는 생각이 들었다.

유우는 여성에 대해서는 왜곡된 불신감을 가지고 있었지만, 본질적으로는 사람을 좋아하는 착한 사람이었다.

한번 자기 울타리 안에 들여놓은 사람에 대해서는 기꺼이 상대가 원하는 만큼 친하게 지내줬다. 나에 대해서도 경계가 풀린 다음부터는 점점 허물없이 대하게 되었다.

그렇다고 그게 남자들끼리의 친구 관계와 같았는가? 하

면, 틀림없이 그것과는 다른 취급이었다. 하지만 어쨌든 연인은 아니었다.

그것은 우리에게는 이성 사이의 절친 관계였다. 제삼자가 보기에는 연인과 뭐가 다른데? 하고 의아해할 만한 관계여도, 우리 둘은 분명히 그 점에서 선을 긋고 있었다.

나는 나 자신한테서 제일 좋은 관계를 찾아내서 만족하고 있었다. 그런데 이윽고 그것이 주변 사람들을 끌어들이는 형태가 되었고, 연인과 거의 비슷하면서도 다른 관계였기 때문에 감각이 이상해져버렸다. 착각을 하고 말았다. 연인은 아니어도, 그것과 같은 수준의 특별한 관계라고 생각하게 된 것이다.

최초의 계기는 여름방학 직전에 사쿠라가 나와 유우를 불러내서 했던 말이었다.

"친구는 몇 명이나 있을 수 있으니까. 저는…… 좋아하는 사람과는 정식으로 사귀고 싶어요."

사쿠라는 아무렇지도 않게 그런 말을 했다.

당연한 이야기였다. 절친은 두 사람 있어도 이상하지 않고, 또 절친에게 애인이 있어도 이상하지 않다.

그렇게 생각했더니 갑자기 그동안 멋지다고 여겼던 절친 관계가, 실은 자신이 그렇다고 애써 믿으려고 했던 한낱 장난감 같은 것처럼 느껴졌다.

사실 나는 애인이 되고 싶은 것을 꾹 참고 절친이 되었던 것도 아니다. 그럼에도 불구하고 그렇게 느끼고 말았다. 사쿠라가 그 점에 관해 똑 부러지게 말하는 것도, 또 좋아하는 사람과 사귀는 것도, 나는 어쩐지 부럽다고 생각하고 말았다.

그 순간 나는 퍼뜩 깨달았다. 이미 나는 유우를 좋아하고 있다는 사실을.

언제부터인지는 사실 잘 모르겠다. 어쩌면 맨 처음부터 그랬을 수도 있고, 최근에 그렇게 된 걸지도 모른다. 실은 그런 것과는 상관없이 유우는 언제나 특별한 존재였다.

어쨌거나 일단 내 마음을 깨달은 이상, 나는 '좋아하는 사람과 친구 놀이나 하고 있다니, 이게 무슨 바보 같은 짓이야?'라고 생각하게 되었다.

아주 양호한 절친 관계를 유지하는 도중에 나 혼자만 퍼뜩 정신을 차린 것이다.

냉정하게 생각해보니 우리의 거리감은 이상했다.

그러자 지금까지는 친구로서 아무렇지도 않게 해왔던 모든 일을 더는 못 하게 되었다.

일상생활 속에서 문득 좋아한다는 것을 자꾸 자각했다. 그때마다 눈을 맞추지 못하게 되고, 나를 보는 유우의 시선을 지나치게 의식해 부끄러워졌다. 자연스럽게 스킨십이 이루어질 때마다 불이 나는 것처럼 몸이 뜨거워졌다. 그런데 또 스킨십은 하고 싶었다.

질투를 했다. 연인들이 부러워졌다. 우리가 연인이 아니란 사실에 꼬박꼬박 슬픔을 느끼게 되었다.

나는 이렇게 상대를 이성으로서 의식하고 있는데, 이 사람은 나를 전혀 여자로 생각하지 않는구나. 이전과 다름없는 유우에 대해서 엉뚱한 분노를 느끼기도 했다.

그런데 그것과는 별개로 유우의 여성 불신 증세가 완화된 것을 느꼈는데, 그것 때문에 초조하기도 했다. 예를 들어 유우가 돌연 어떤 여자에게 고백을 받아서 사귀기 시작하더라도 나는 아무 말도 할 수 없는 것이다.

절친은 상대의 연애를 방해하지 않는다.

나는 이미 그 카테고리에 들어가 있었다. 고로 처음부터 연애 카테고리에서 등장하는 여자와는 달랐다.

하지만 나는 '그래도 역시 절친 관계를 유지하는 것이 좋지 않을까' 하는 생각도 하면서 고민했다. 너무 심각하게 고민하다가 열이 나기도 했다.

그러는 동안에 유우가 곤혹스러워했다는 것은 나도 분명히 알고 있었다.

그가 기막혀할 때 가끔 보여주는 눈빛은, 예전에 입학한 직후에 보여줬던 것과 같은 눈빛이었다.

나나 우리 반 여학생을 볼 때의 눈빛. 영문을 알 수 없는 생물을 보는 듯한 눈빛. 틀림없이 '여자는 귀찮은 존재구나'라고 생각했던 것이리라.

그에게 그런 취급을 받기는 싫었다. 하지만 그런 취급을 받지 않는 관계란 것은, 지금까지와 전혀 다르지 않은 절친 관계에 불과했다.

결국 나는 영원히 그의 절친으로서 살아가는 것은 불가능했던 것이리라.

하지만 유우는 그렇지 않았다. 그는 나와 절친으로 지내면서 즐거워하고 있었다.

나를 여자로 여기면서 나와 사귀는 것을 즐기는 남자는 틀림없이 많이 있을 것이다.

그러나 친구로서 나와 어울리는 것을 즐기는 남자는 아마도 없을 것이다. 유우밖에 없을 것 같았다.

그러니까 그것은 정말 귀중하고 기쁜 일이었다. 그런데 하필이면 그런 유일한 사람인 유우한테만, 오직 그한테만 여자로 보이고 싶다는 소망을 품고 말았다.

그런데 막상 그 마음을 전한 다음에는, 소중한 것을 스스로 부수고 말았구나 하고 상처받았다. 내가 왜 그런 말을 해버렸을까. 내 마음은 예전으로 돌아가지 못하는데도 계속 후회만 하고 있었다.

오늘은 시업식이었다. 그런데 유우의 얼굴을 볼 용기도 없어서, 일찍 교복을 입고 집에서 나왔으면서도 결국 학교와는 다른 곳으로 걸어 와버렸다.

나는 참 우울한 여자였다. 모든 인간관계에 서툴렀다.

그래서 유우를 동경했던 것이다.

유우는 친구로 지내는 상대를 편하게 해주는 분위기가 있다. 그냥 자연스럽게 있어도 유우는 즐거워해주고, 있는 그대로의 나 자신을 기꺼이 받아들이는 태도를 보여준다.

하지만 지금은 그런 유우와도 제대로 이야기를 하지 못할 것 같았다. 유우는 자신의 친구에 대해서는 벽을 세우지 않고 선선히 받아주지만, 이성에 대해서는 거의 정반대로 단호하게 거부한다.

그러나 틀림없이 맨 처음에 이성으로서 그의 마음속에 벽을 세워놓은 것은, 그가 아니라 그의 주변 세계였을 것이다. 그리고 나도 똑같이 그런 벽을 세워놓고 말았다.

하지만 나는 그와 멀어지고 싶은 것은 아니었다. 친구보다 더 가까워지고 싶었다.

한동안 부모님을 만나러 가서 유우와는 멀리 떨어져 있었는데, 처음에는 그래서 안도했지만 금방 그가 보고 싶어졌다. 그러나 집에 돌아왔어도 결국 그의 얼굴을 똑바로 볼 수는 없었다.

그런 말을 해서 우리의 관계성을 부쉈으니까. 어떻게 대하면 좋을지 알 수 없었다.

전철을 타고 가다가 내려서 어디론가 걸어갔다. 그곳은 초등학교 4학년 때 유우와 같이 왔던 장소였다.

그 시절에는 굉장히 먼 곳까지 왔다고 생각했었는데. 어른이 되어보니 예전 집에서 별로 멀지도 않다는 사실을 알게 됐다. 어린애한테는 다소 멀게 느껴질진 몰라도 걸어서 올 수도 있는 거리였다.

그날 돌아다녔던 장소를 빙 돌면서 걸어봤다. 놀랄 만큼 좁은 범위였다.

과자 가게는 폐업했고, 개 장식품이 있었던 집은 이사 갔는지 문패가 바뀌어 있었다.

하지만 그때 지나갔던 중학교는 지금도 똑같이 그곳에 있었다. 작은 공원의 놀이기구는 이제는 많이 낡았지만, 그날과 마찬가지로 도토리도 떨어져 있었다.

예쁜 도토리를 찾아다니다가 두 개 주워서 주머니에 넣었다.

하늘도 그날처럼 푸르렀다. 전체적인 경치는 변하지 않았다.

저 앞에서 그날의 나와 유우가 서로 손잡고 걸어가고 있는 듯한 착각이 들었다.

나와 유우는 그때 횡단보도를 건너다가 실수로 헤어졌었다.

파란불 앞까지 갔다가, 거기서 길을 건너지 않고 그대로 근처에 있는 강둑에 가서 앉았다. 그날 길을 잃고 헤매다가 결국 울면서 주저앉았던 장소였다.

거기서 바라보는 하늘과 강은 너무나 잔잔하고 평화로 웠지만, 그날 느꼈던 불안한 마음은 지금도 마찬가지였다. 나는 그 무렵과 전혀 달라지지 않았다.

그냥 계속 여기에 있을까.

앞으로 10년쯤 계속 누구와도 만나지 않고 여기에 앉아 있으면 되는 거다. 하지만 그러는 사이에 유우는 어른이 되어 누군가와 사귀다가 결혼할지도 모른다……. 아아, 싫 다. 내가 여기에 앉아 있는 동안에 그는 가족끼리 꽃구경 을 하러 가기도 하고, 자식의 운동회에 참가하러 갈지도 모른다…….

점점 사고의 정합성이 사라져갔다. 별 쓸모도 없는 생각 만 계속하다가 울음이 나올 것 같았다. 그런데 그때 머리 위에서 목소리가 들려왔다.

"아오이, 여기 있었구나!"

"어, 으응?!"

그 목소리의 주인공은 기세 좋게 달려오면서, 이 하천 둔치의 언덕으로 반쯤 날아 내려오듯이 바로 옆까지 다가 왔다.

"유우…….."

"아오이, 넌 옛날부터 꼭 그러더라! 금방 사라지고. 혼자 훌쩍훌쩍 울기나 하고."

"윽…….."

정답이라서 할 말이 전혀 없었다.

"……왜 대답도 안 듣고 도망치는 거야?!"

"……아니, 하지만. 너는."

"나는……."

유우가 무슨 말을 하려고 했다. 그래서 나는 벌떡 일어나 귀를 막고 달아났다.

"앗, 잠깐만! 너는 왜 그렇게 툭하면……."

"듣기 싫어! 듣기 싫다고—!"

"들어! 난 죽어도 대답해줄 거야!"

유우가 엄청난 기세로 나를 쫓아 달려오기 시작했다.

강둑을 황급히 올라가서 똑바로 뛰었다.

이런 술래잡기는 어린 시절 이후로는 처음일지도 모른다. 그 시절에는 보통은 금방 붙잡혔었다.

괜찮아. 내 다리는 그때보다 훨씬 빨라졌으니까.

나는 마음껏 속도를 올렸다. 바람이 얼굴에 부딪치고, 머리카락이 뒤로 끌려가는 것처럼 휘날렸다.

체육대회의 계주 경기 때보다도 더 진지하게 전력을 다해 질주했다. 그런데.

"대체 언제까지 도망칠 거야?!"

"앗, 꺄악!"

유우가 나를 쫓아와 내 팔을 덥석 붙잡았다. 그 기세가 너무 과해서, 그대로 우리 둘 다 균형을 잃고 강둑의 잔디밭 위로 데굴데굴 굴러떨어졌다.

최근에 짧게 깎은 듯한 잔디는 가을을 맞이하여 슬슬 말라가고 있었다. 그것이 맨살을 따끔따끔 아프게 찔렀다.

얼른 눈을 돌렸더니, 얼굴에 흙이 묻은 유우가 마치 쓰러진 좀비처럼 몸을 일으키려 하고 있었다.

큰일 났다. 숨이 차서 민첩하게 움직일 수 없었다. 그래도 어떻게든 바닥을 기어 도망치려고 했는데, 유우가 나를 꽉 눌러 쓰러뜨리면서 붙잡았다.

둘 다 헉헉 하고 거칠게 숨을 쉬고 있었다. 말을 제대로 할 수 없었다.

유우가 먼저 숨을 돌리고 입을 열려고 했다.

잠깐만. 난 듣고 싶지 않아. 그렇게 말하려고 했지만, 목이 바싹 말라서 목소리를 낼 수 없었다.

햇살이 눈 부시고 뜨거웠다.

유우의 등 뒤에, 끝없이 넓은 하늘이 펼쳐져 있는 것이 보였다.

"아오이, 나는——."

에필로그

쉬는 시간에 교실에서 츠키시로 아오이가 책을 읽고 있었다.

교실은 웅성거림으로 가득 차 있었지만, 그녀 주변의 공기만은 예외적으로 차분했다.

이따금 귀에서 사르륵 흘러내리는 긴 머리카락을 다시 귀 뒤로 넘겼다. 단지 책을 읽고 있을 뿐인데도 굉장히 냉정하고 멋져 보였다.

나는 내 자리에 앉아 무심하게 그쪽을 바라보고 있었다. 그때 가까이에 앉아 있던 여자들 중 한 명이 나에게 말을 걸었다.

"저기— 있잖아—, 스쿠네."

"어, 왜……?"

"방금 이야기를 해봤는데. 너 실은 츠키시로와 사귀는 거 아니지? 항상 부정은 안 하지만, 긍정도 안 하잖아."

"와, 진짜?!"

근처의 책상 위에 엎드려 있던 야가미가 고개를 번쩍 들었다.

"진짜야?! 스쿠네, 그게 정말이냐!"

"아니, 사귀는데."

"진짜?! 아악, 역시 여기서 뛰어내릴래!"

"야가미가 또 저런다! 누, 누가 좀 말려봐—!"

창가에서 가벼운 소동이 벌어졌다. 이 와중에 문 근처에 있던 우리 반 학생이 큰 소리로 말했다.

"츠키시로, 손님 왔어—!"

아오이가 문고본을 책상 위에 엎어놓고 입구까지 갔다.

"저기요, 할 말이 있는데요. 학교 건물 뒤로 와주시면 안 될까요?!"

"사귀는 사람이 있어서 그런 곳에는 갈 수 없어."

그 목소리는 고요한데도 교실 전체에 울려 퍼졌다.

"으아아아아악—! 아무도 나를 말리지 마아앗—!"

"야, 야가미—! 넌 대체 언제까지 츠키시로, 츠키시로 하고 노래를 부를 거야?! 이, 이제 그만, 나를 보라고—!"

"어⋯⋯? 후지모토⋯⋯ 너, 너⋯⋯ 설마, 나를⋯⋯?"

"넌 왜 그렇게 눈치가 없니?!"

교실이 엄청나게 술렁거렸다.

그날 우리 반 학생들은 얼떨결에 탄생한 커플에 관한 이야기를 하느라 바빴다.

수많은 타인에게는, 나와 아오이가 사귀느냐 마느냐 하는 것은 틀림없이 아무래도 좋은 일일 것이다. 그리고 관계성이란 것은 당사자들끼리만 알고 있으면 충분하다.

여름 이후의 아오이는 도통 무슨 생각을 하는지 알 수 없었다.

그래서 그동안 아오이는 쭉 내가 몹시 불편해하는 '여자'라는 존재였었다. 솔직히 말하자면 그 태도 때문에 몇 번이나 싫었던 기억이 떠오르기도 했다.

그럼에도 불구하고 대화를 하려고 했던 이유는, 나와 아오이의 관계가 사라지는 것보다는 그게 더 낫다고 생각했기 때문이다.

겨울에 나와 아오이는 절친이 되었다.

주변 사람들이 뭐라고 하든지 간에 관계성이란 것은 우리 둘이서 정하는 것이고, 그 명칭도 뭐든지 괜찮다고 생각했다.

하지만 결국 나와 아오이는 둘 다 그때 편의상 붙여놓았던 '절친'이란 명칭에 얽매여 있었던 걸지도 모른다.

거꾸로 그때부터 그 명칭의 영역에서 벗어나지 않도록 신중하게 행동했던 것이다.

나로서는 내가 불편해하는 '여자'란 카테고리에 아오이를 집어넣지 않기 위한 행동이었다.

나는 아오이를 '절친'이란 카테고리에 집어넣음으로써, 자신이 이해할 수 있는 존재라고 믿으려고 했던 것이다.

그러나 그것은 어리석은 말장난에 불과했다.

절친이든지 친구든지 연인이든지 간에, 모든 인간관계

는 언제든 끝날 수 있다.

그리고 소꿉친구이든지 절친이든지 여자이든지 간에, 아오이는 아오이다.

우리의 관계에 어떤 명칭이 붙는다고 해도, 설령 이해할 수 없다고 해도, 그곳에 존재하는 아오이는 전혀 달라지지 않는다.

어쩌면 내가 '여자'라는 생물을 이해하는 날은──아니, 여자뿐만 아니라 타인을 깊이 이해하는 날은 영원히 오지 않을지도 모른다.

타인이란 것은 근본적으로 아무리 시간이 지나도 '무슨 생각을 하는지 알 수 없는 존재'일 것이다.

단, 이해할 수 없어도 신뢰할 수는 있다. 아니, 실은 그것밖에 못 한다.

츠키시로 아오이는 어느새 어떤 명칭이든지 간에 상관없이 나에게는 '없으면 안 되는 존재'가 되었다.

＊　　＊

"유우, 집에 가자."

방과 후 교실에서 아오이가 가방을 들고 내 자리로 다가왔다.

아직은 남아 있는 학생들도 많은 교실. 여느 때와 같이 웃는 소리와 떠드는 소리가 뒤섞인 웅성거림으로 가득 차 있었다.

나와 아오이가 같이 가방을 들고 움직이기 시작해도 이제는 아무도 신경을 쓰지 않았다.

실제로는 바로 얼마 전부터 사귀기 시작했는데, 꽤 오래 전부터 그렇게 생각하고 있었던 주변 사람들에게는 예나 지금이나 달라진 것이 없어 보일 것이다.

교문 밖으로 나온 아오이가 문득 생각난 것처럼 말했다.

"아, 오늘은 수요일이구나. 오랜만에 내가 뭔가 만들어 볼까?"

"그럼 마트에 들렀다 가자."

"유우, 뭐든지 괜찮다고는 하지 말고 정확하게 말해봐. 뭐가 좋아?"

"으음—…… 만두. 만두 먹고 싶어."

"의표를 찌르는 선택이네."

마트에 들어가 스마트폰으로 재료를 검색하고 이런저런 판매 코너를 둘러봤다.

"대충 몇 개쯤 먹을 것 같아?"

"모르겠어. 하지만 남아도 부모님이 드실 수도 있으니까, 넉넉하게 만들자."

"이 만두피는 뭐가 더 맛있을까?"

그런 이야기를 하면서 장바구니에 재료를 착착 던져 넣었다.

집에 돌아오자 아오이는 만두소를 만들기 시작했다.

그 후 우리는 식탁 앞에 앉아 둘이서 만두를 빚었다.

그날 이후로 아오이의 예민한 분위기는 사라졌다. 완전히 예전의 모습으로 돌아온 것 같은 느낌이 들었다.

"아오이. 일단 나는 네가 원래대로 돌아와 줘서 기뻐."

"뭐? 원래대로?"

"응. 너 계속 이상했잖아."

그러자 아오이는 잘 봉합한 만두 하나를 접시에 툭 올려놓고 대답했다.

"이상했다고?"

"어, 그러니까, 뭔가 불안정한 느낌으로……."

아오이는 만두피를 손가락으로 집더니 얼굴을 가리는 것처럼 들어 올렸다.

"그 불안정한 사람은 말입니다……. 혹시 이렇게 생기지 않았나요?"

"달걀귀신이야?!"

아오이는 킥킥 웃었다. 그리고 만두를 하나 만들었다.

"그래, 확실히 그 묘한 초조함은 해소됐지만……."

"응?"

"그래도 나는…… 원래대로 돌아간 것은 아니야."

"어, 정말?"

"응. 전보다 훨씬 더 너를 좋아해."

태연하게 대답하더니 싱긋 웃는 아오이. 확실히 예전과는 조금 다른 느낌이 들었지만, 그래도 역시나 내가 잘 아는 츠키시로 아오이였다.

"나는 행복한데…… 유우, 넌 괜찮아?"

"뭐가?"

아오이는 고개를 숙이고 만두피를 손가락으로 만지작거리면서 머뭇머뭇 조그만 목소리로 말했다.

"관계가 달라지는 게 걱정되지 않아? 나는 요컨대, 분명히…… 너를 구속하고 싶은 마음이, 가장 컸을 텐데……."

"어떤 관계이든지 간에 구속할 녀석은 구속하고, 바람을 피우는 녀석도 있는 거잖아. 설령 연인 관계가 아니어도 상대가 싫어하는 것 같으면, 남과 접촉할 때 서로 조심하는 관계도 있고."

이 세상에는 실컷 바람만 피우면서 서로 미워하는 부부도 있을 테고, 이성으로서의 호감과는 상관없이 성행위만 하는 친구 관계도 있을 것이다. 연인보다 더 깊게 서로 사랑하면서도 사귀지는 않는 관계도 분명히 있을 것이다. 라벨과 내용이 다른 관계성은 틀림없이 넘쳐날 정도로 많을 것이다.

그러니까 나는 명칭에는 별로 신경 쓰지 않는다.

아오이가 그런 식으로 인식하는 것을 더 선호한다면 그래도 상관없는데, 실은 주변 사람들의 인식도 이미 오래전부터 쭉 사실과는 다르게 이루어지고 있었다.

서로에 대한 신뢰만 있다면, 상대가 싫어하는 일은 둘 다 하지 않는다.

어떤 라벨을 붙이더라도 그것은 결국 일대일이고 인간 대 인간의 관계일 뿐이다. 아무것도 달라지지 않는다.

단, 그렇게 생각할 수 있는 것은 상대가 아오이이기 때문이었다.

"나는…… 어떤 관계이든지 간에 아오이는 아오이니까. 그냥 뭐든지 재미있어졌어."

"너다운 생각이네……."

"너는? 뭐 걱정되는 거라도 있어?"

"아니. 유우, 너와 함께라면 괜찮아. 언제나 그랬는걸."

"아니, 두 살쯤 됐을 때부터 이미…… 내가 네 손을 잡아당겨서, 미끄럼틀에서 위험하게 데굴데굴 굴러떨어졌는데요……."

"아, 한 번 더 우리 같이 데굴데굴 굴러 떨어져볼까?"

"바로 얼마 전에도 강가에서 데굴데굴 굴러 떨어졌잖아?"

"맞다……. 유우, 너 손은 이제 괜찮아?"

같이 넘어졌을 때 손이 까졌었다. 나중에 봤더니 피가 나고 있어서 치료를 받았다.

"응. 잘 낫고 있어. 아오이, 넌 아무 데도 안 다쳤어?"

"응. 넘어질 때 네가 내 밑에 깔려줬잖아."

그렇게 말하고 아오이는 웃었다. 천천히 몸을 일으켰다.

그리고 내가 앉아서 만두를 빚고 있는 의자 뒤에 다가오더니, 와락 하고 나를 껴안았다.

"아, 깜짝이야! 갑자기 왜 그래?"

"지금 당장…… 절친이라면 도저히 할 수 없다고 생각했던 짓을, 해보는 거예요."

곁눈질로 그 얼굴을 힐끔 봤다. 그러자 아오이는 얼른 떨어지더니 얼굴을 가렸다.

"꺄아…… 생각보다 더…… 두근거려."

아오이는 왠지 모르게 굉장히 즐거워 보였다.

"나도 해봐도 돼?"

"뭐……? 응, 좋아."

아오이가 의자에 앉았다. 이상하리만치 등을 꼿꼿이 세우고 있었다. 나는 그 등 뒤로 이동했다.

작은 머리에서는 윤기 나는 머리카락이 흘러내리고 있었다. 가녀린 어깨는 어쩐지 딱딱하게 굳은 것처럼 긴장돼 보였다.

몇 초 동안 지켜보고 있었는데, 아오이가 좀 난처한 표정으로 이쪽을 돌아봤다.

"유우, 할 거면 빨리……."

"아, 미안."

아오이의 등 뒤에서 손을 내밀어 그녀의 목을 팔로 감싸면서 끌어안았다.

그러자 향기가 물씬 풍겼다.

부드럽고 따뜻했다. 아오이의 귀가 붉은빛으로 물들어 있었다.

그렇구나. 이게 바로 절친은 할 수 없는 일인가. 따뜻하고 기분이 좋았다.

게다가 얼마 전까지는 우연히 신체 접촉이 일어나면 아오이가 과민할 정도로 피했었는데, 이제는 안 그런다는 것이 은근히 기뻤다. 저절로 감동하고 말았다. 그렇구나. 이제는 괜찮은 거구나. 그런 안심감도 있어서 왠지 엄청나게 마음이 편안해졌다.

나는 거침없이 아오이를 꽉꽉 끌어안았다. 그러다 뺨과 뺨이 맞닿았다.

"아, 간지러워."

아오이가 가볍게 웃으며 얼굴을 살짝 뗐다. 그러자 눈이 마주쳤다.

이번에는 서로 이마를 콩 하고 부딪쳤다.

아오이가 뺨을 은은하게 붉히면서 살며시 눈을 감았다.

그러나 그 직후에 눈을 번쩍 뜨더니 어깨를 움찔했다.

"유우, 사토코 아주머니가 오신 거 아냐?"

"뭐? 무슨 소리가 났어?"

"빨리 떨어져야 해."

"에이, 아냐. 오늘은 수요일이잖아."

어쩐지 떨어지기 싫어서 그대로 있었다. 그때 현관에서 태평한 목소리가 들렸다.

"다녀왔습니다—. 오늘은 일이 일찍 끝났어—."

나도 모르게 몽롱해졌던 두뇌가 순식간에 다시 현실을 인식했다.

"지, 진짜네?!"

"거봐! 빨리 떨어져."

"아, 알았어!"

그러나 주의력이 떨어진 나는 어머니의 이동 속도를 이기지 못했다.

문이 벌컥! 하고 힘차게 열렸다.

화들짝 놀란 나는 반사적으로 옆에 있는 의자의 등받이를 끌어안고 뒤로 넘어졌다.

이른바 저먼 수플렉스를 선보인 것이다.

"유우, 너 뭐 하니?"

비닐봉지를 양손에 들고 들어온 어머니가 얼빠진 목소리로 그런 질문을 했다.

"저먼 수플렉스…… 연습."

"어머, 그래? 저기, 있잖아. 그 연습이 끝난 다음에 해줘도 되는데~. 내가 방금 마트에 들렀다 왔는데, 내 정신 좀 봐. 깜빡하고 우유를 안 샀지 뭐니. 분명히 들어갈 때는 잘 기억해서 우유~ 우유~ 하고 생각하고 있었는데, 아, 맞아! 분명히 된장 판매 코너에서 처음 보는 아주머니랑 어떤 된장이 좋은지 이야기하다가 깜빡해버린 것 같아! 아니, 그게. 그 사람이 엄청나게 망설이고 있었다니까~?"

"그래서 결론이 뭔데?"

"우유 사 와."

놀랄 만큼 짧게 끝나는 내용을 어머니는 본론과는 상관없는 부분에서 질질 끌면서 이야기한 것이었다.

"사람을 왜 그렇게 부려 먹어……."

"아니, 꼭 마트에 가라는 것도 아니고. 괜찮지 않아? 편의점은 걸어서 5분 거리! 5분이란 것은 네가 그렇게 좋아하는 큰 컵라면이 익기를 기다리는 시간 정도밖에 안 되니까, 아니, 잠깐만. 그건 6분이었나……? 유우, 뭐였지? 그 컵라면 이름이…… 아마…… 어머나, 만두? 너희들 만두를 만들고 있었니? 만두잖아…… 이거."

"알았어! 내가 지금 당장 가서 우유를 사 올게!"

도망치듯이 거실에서 나왔다. 그러자 아오이도 뒤쫓아 왔다.

"유우, 같이 가자."

현관문을 열자 저녁 햇살이 쏟아졌다. 아직도 여름방학

이 이어지고 있는 것 같았다.

그러나 밖에 나와서 걸어보니 가을 풀벌레 소리가 이따금 들려왔다.

음영이 짙어지는 시간대의 주택가를 걸었다.

근처의 주택에 있는 나무들의 잎사귀는 어느덧 색이 조금 변했지만, 그래도 당분간은 떨어지지 않을 것 같았다.

주택의 벽, 나무의 잎과 가지. 그 모든 것들이 부드러운 노란색 빛을 받고 있었다.

어느 집에서 카레 냄새 같은 것이 났다.

또 다른 집에서는 어린아이의 목소리가 들려왔다.

방금 지나간 집 앞에서는 물을 뿌리는 사람이 있었다. 햇볕에 달궈진 아스팔트가 물에 젖어 독특한 냄새를 풍겼다. 노랗고 눈부신 저녁의 세계였다.

아오이가 돌연 멈춰 섰다.

"지갑을 가져왔나?"라고 말하면서 꼬물꼬물 주머니 속을 뒤지기 시작했다.

"앗."

아오이가 교복 주머니 속에 손을 넣은 채 굳어졌다.

"뭐야? 설마 놓고 왔어?"

"아니. 유우, 손 내밀어봐."

아오이의 눈앞에 손바닥을 쑥 내밀었다.

그 위에 또르르 하고 도토리 하나가 올라왔다.

"이게 뭐야?"

"이것은 올해 9월 1일의 기념품이야."

"뭐?"

"아직은 거의 안 떨어져 있었으니까 귀중한 거야."

그렇게 말하더니 아오이는 손에 들고 있는 또 하나의 도토리, 즉 자기 도토리를 보여주면서 즐겁게 웃었다.

손바닥 위에 있는 조그만 도토리를 바라봤다.

어디에나 있을 법한 평범한 도토리가 저녁 햇살을 받아 반짝거리고 있었다.

그것은 나와 아오이가 함께 지내온 나날을 기념해주는 작은 훈장 같기도 했다.

후기

안녕하세요. 무라타 텐입니다.

여름에 썼던 이야기의 뒷내용을 가을에 쓰게 되고, 이 작품에서 다시 만날 수 있게 되어서 정말로 기쁩니다.

많은 분 덕분에 2권을 낼 수 있었습니다. 진심으로 감사를 드립니다. 상업에 대해 알면 알수록, 작가 한 사람의 힘은 참으로 보잘것없이 작다는 것을 느끼게 됩니다.

실은 이 작품을 읽고 응원해주신 분들의 힘이 가장 컸습니다. 감사합니다.

2권의 내용에 관해 말씀드리자면.

저는 부모님 곁을 떠나서 살기 시작한 지 벌써 몇 년은 지났는데요. 얼마 전에 오랜만에 고향의 역으로 돌아가 보니, 집에서 가장 가까운 곳까지 가는 버스 정류장의 위치가 어느새 달라졌더라고요.

동네에 옛날부터 있었던 공동주택은 헐려서 공터가 됐고, 옛날부터 있었던 가게는 망했고, 처음 보는 가게가 그곳에 자리를 잡고 있고. 상당히 큰 변화였습니다. 더구나 오랜만에 부모님을 뵈었더니 어느새 우리의 가치관이 달라졌음을 깨닫게 되었고요. 이런저런 부분에서 부모님도 많이 늙으셨다는 사실을 알게 되었습니다. 그런데 또 절묘하게 짜증 나는 발언을 아무렇지도 않게 하시는 점은 예전과 똑같더라고요.

하루 단위로는 거의 변화가 없는 나날. 그러나 문득 정신을 차려 보면, 전에 있었던 장소와는 멀리 떨어진 장소에 와 있는 거죠. 그런데 그것이 또 이어져 있긴 하고요.

그런 변화와, 그 변화 속에서도 변하지 않는 것까지 아울러 마음속에 떠올리면서 이 글을 썼습니다.

1권을 간행할 때 이사 갔던 동네에도 이제는 좀 적응해서 애착이 생겼습니다.

다양한 가게와 길이 있어서요. 상당히 재미있습니다.

이 글을 읽어주신 모든 분과, 이 작품을 도와주신 모든 관계자 여러분에게 감사를 드립니다.

2021년 초겨울, 무라타 텐

COOL NA TSUKISHIROSAN WA ORENIDAKE DERE KAWAII Vol.2
©Ten Murata, Nanami Narumi 2022
First published in Japan in 2022 by KADOKAWA CORPORATION, Tokyo.
Korean translation rights arranged with KADOKAWA CORPORATION, Tokyo.

냉정한 츠키시로는 나에게만 너무 귀여워 2

2023년 05월 15일 1판 1쇄 발행

저 자	무라타 텐
일 러 스 트	나루미 나나미
옮 긴 이	한수진
발 행 인	유재옥
본 부 장	조병권
편 집 1 팀	김준규 김혜연
편 집 2 팀	박치우 정영길 정지원 조찬희
편 집 3 팀	오준영 이해빈
편 집 4 팀	박소영 전태영
라이츠담당	김정미 맹미영 이윤서
디 지 털	김지연 박상섭
미 술	김보라 박민솔
발 행 처	㈜소미미디어
인쇄제작처	㈜코리아피엔피
등 록	제2015-000008호
주 소	서울시 마포구 토정로222, 403호 (신수동, 한국출판콘텐츠센터)
판 매	㈜소미미디어
마 케 팅	박종욱
영 업	박수진 최원석 한민지
물 류	백철기 허석용
전 화	(02)567-3388, Fax (02)322-7665

ISBN 979-11-384-7869-4 04830
ISBN 979-11-384-3625-0 (세트)